ダンジョン最強は宿屋のエロ店主
～お代はエッチにいただきます！～
成田ハーレム王
Narita HaremKing
illust: あきのそら
KiNG novels

最強で最エロな店主
アレックス・アルバレス
元冒険者のウェイトレス
クファナ・クロ

ダンジョン最強は宿屋のエロ店主
～お代はエッチにいただきます！～

成田ハーレム王
illust：あきのそら

KiNG novels

ダンジョン最強は宿屋のエロ店主

contents

第一章　冒険者たちの最後の拠点

一話　閑古鳥の鳴く宿屋

人里離れた場所にある四階建ての宿屋の一階。そのロビー兼食堂にある受付のカウンターが、いつもの定位置だ。

俺の名前はアレックス・アルバレス。何の因果か知らないが二度目の人生を歩んでいる転生者だ。日本、いわゆる前世では定食屋や居酒屋を掛け持ちで働いているしがないフリーターだった。自分で言うのもなんだが、真面目に勤務していたし評価も良かったと思う。

だが、そんな日々は唐突に終わってしまった。強い雨の日に帰宅を急いでいたとき、近くの木に雷が落ちて俺も感電してしまったのだ。冬場の静電気の感覚を百倍にもしたようなショックを最後に意識を失い、気が付くと赤ん坊に生まれ変わっていた。

転生なんて創作物の中ではよくある話だけど、まさか自分がなるとは思わなかったよ。

「ほんと、生まれ変わったときは驚いたけど、文字通り考える頭が足りなかったからすぐ寝込んじまったなぁ……そんでもって、起きてからここが異世界だって知ったときは二重に仰天したよ」

転生先のこの世界には、なんと魔法が存在したんだ。それだけじゃない、モンスターはもちろん魔族に魔王、それに宝の宝庫であるダンジョンまで。

しかも、俺を産んだ母さんはいろいろなダンジョンを攻略してお宝を狙う冒険者だった。

俺を産んだのを機に現役を引退して、冒険者時代の財産を元手に宿屋を始めた。そして母さんが病気で死んでしまってからは、俺がこの宿屋をひとりで切り盛りしているという訳だ。

二十歳を超えてそれほど経ってない俺がひとりで経営するのは大変だが、前世での経験と母さんが作っておいてくれた伝手を使ってなんとかやっている。

自分で建てた訳じゃないけれど、一国一城の主。前世じゃアパート住みだったから、密かに憧れていたんだ。この宿を守りながらのんびり過ごすのが俺の理想だな。

「そんでもって、目下の悩みは人不足か。お客さんが来ないはもちろん困るし、人が入らなくたって掃除はきちんとしなきゃいけない。この宿屋をひとりで回すのも、かなり骨が折れるんだよなぁ……」

特にここ数日は全く来客がなくて暇だ。心なしか独り言も増えている気がする。

いくら俺が掃除を頑張っても、お客さんが来なきゃ意味がない。

この宿は建てて二十年近くたってるけど、全体に劣化防止の魔法がかかってるお陰で、外見も中身もそこそこ綺麗だ。設備だっていろいろと、電化製品のような感覚で使える魔法の道具を導入していて便利さも向上している。

大きな町の宿屋に比べても、決して劣るものじゃないって自負しているのだが……。

「まあ、こんなところに来たい奴なんてそういないよな。交通の便は最悪だし、給料だってそんなに出せない。その上にアレがお隣さんじゃねぇ……俺だって、母さんが遺した家じゃなきゃ飛び出してた可能性もある。そう言えば、もう三か月は町に行ってない……他人の作った料理が食べたいし、綺麗な女の子とも遊びたいなぁ！　あーもう、定休日とか決めとけば良かった!!」

モヤモヤした気持ちを叩きつけるように受付のテーブルをパシンと叩くと、そのままテーブルに突っ伏す。すると、ちょうど受付の横にある窓から隣の建物が見えた。

そこには無個性な宿屋とは正反対に、禍々しい雰囲気を放つ洋風の巨城があった。

この世に数多あるダンジョン。それを攻略した冒険者たちが最後に行きつく場所だ。

最難関と名高い難易度からラストダンジョン……通称ラスダンとも呼ばれている。

ただ、ダンジョンなどに関係ない一般人には、魔王城と言ったほうが通じやすいだろう。

「やっぱりデカいよなぁ……うちだって四階建てだから小さくはないけど、ラスダンと比べるとまるでミニチュアだ。一度王国の城を見たこともあるけど、アレよりもっと、確実に大きいな」

高層ビルに例えても、地上数十階はありそうな超巨大建造物だ。高さに相応しい敷地も有していて、町が丸々一つ入ってしまうくらいの広さがある。

内部も実際、五十階層で、その内四十五階までが複雑な迷宮になっている。迷宮にはモンスターやトラップがいろいろと配置されていて、この障害は上階に行くごとに難易度を増す。熟練者しか挑戦しないラスダンだけあって、一階でもそこそこ強いモンスターが出現し、四十階層以上になると超一流冒険者でも攻略を諦めることの多い難易度だ。

「莫大な力を持ち、無限にモンスターを召喚する超常の存在。数多あるダンジョンのなかで最難関のラストダンジョンを管理し、魔族を従える魔王。その居城のお膝元にこの宿屋があるんだから、よっぽどの用がない限り、人が近づかないのは分かるけど……」

自嘲するようにそう言うが、もちろん魔王に与しているわけじゃない。

この宿屋のお客は、基本的に魔王城を攻略しようとする冒険者たちだ。

このラスダンに挑戦する冒険者たちは皆、一番近くにあるアイロス王国の冒険者ギルドに登録している。アイロス王国は過去に過激派な魔王の侵攻に遭ったこともあって、魔王討伐を掲げている。それもあって冒険者ギルドを支援しているので、冒険者にとっては住みよい国だな。

母さん曰く、最後の戦いに挑む冒険者たちの癒しの場にするために、この宿を建てたそうだ。

「でも、ラスダンに挑戦する冒険者が少なくて、いつも経営が火の車なんて笑えねえよ、はは……」

ラストダンジョンに挑戦するには、試練としていくつかの他の高難易度ダンジョンを攻略しなければならない。なので、そもそもここへの到達者が少ないのだ。

お陰で周辺には、この宿屋以外の建物はない。

みんな、商売にならないと分かりきっているからだ。

そして、うちの宿屋は毎月の維持費が重なり今月もかなり厳しい。

「……奥の手を使うしかないか。あんまりやりたくないけどな」

そう言ってカウンターの引き出しの錠を開けると、その中に転がっている手の平サイズの玉を持ち上げた。銀色に輝くそれは宝石のようで、人々の間では俗に宝玉と呼ばれている。

この宝玉こそが冒険者たちが狙うお宝で、一つで都市一個のエネルギーが半永久的に賄《まかな》えると言われている秘宝だ。もしコレを持っていることを知られたら、冒険者たちの攻略対象がラスダンからこの宿屋に変わってしまうかもしれないレベルの一品だろう。

「あんまり市場に流すと価格が落ちるからなぁ……ん？」

カウンターに肘をついて宝玉を眺めていると、窓から何者かが近づいてくるのが見えた。

ラスダンからモンスターが出てくることは、管理している魔王が滅びない限りありえない。

となれば、念願のお客様だ！

俺は宝玉を引き出しにしまうと鍵をかけ、笑顔を作って客を出迎える。

そして正面玄関の扉が開き、ひとりの女性が入ってきた。

「いらっしゃいませ、お客様！　当宿屋へようこそ！」

「やっほーアレックスくん、また何泊かするからお願いね！」

金髪を揺らして陽気に言う彼女を見て、俺は肩の力を抜く。見慣れた常連客だった。

「はぁ、なんだエイダか……」

「アレックスくん、元気ないわよー。どっか体の調子でも悪いのかな？」

「いやいや、俺は元気そのものですよお客様！　って、かしこまるほどの間柄じゃないよな」

この宿は新規の客が少なく、利用客の半数以上は常連だ。なかには母さんが生きてたころからのお客もいて、変にかしこまると何かあったのかと心配されてしまうほどの間柄だ。

日本では『親しき中にも礼儀あり』なんて言うけど、知り合いの冒険者はフレンドリーなほうが好みなようで、常連相手にはこういった砕けた態度になる。

「うん、元気ならそれが一番！　あっ、それより受付お願いね。ここまで歩くの疲れちゃって、もう足がパンパンよ、早く部屋で休みたいわ」

俺より二つ年上の彼女は、いつもお姉さんぶって話しかけてくる。

まあ、別に苛立つようなことはないんだが……。

「どうせエイダはまたひとりで攻略だろ？　他は少なくとも四人組だから、こっちの儲けが四分の一以下になる」

「ははは、がめついと余計にお金が逃げてっちゃうよ！　目の前の小金に執着してたら、遠くに落ちているかもしれないお宝を逃すって、冒険者の間ではよく言われてるし」

俺の目の前にビシッと人差し指を立て、指導するように言うエイダ。

「その話、前にも聞いた気がするぞ。でも、毎月黒字か赤字かギリギリのラインで経営してる俺の身にもなってみてくれよ」

「うーん、それは御免だわ。地道にコツコツっていうのは性に合わないと思うのよね」

俺の愚痴も全く意に介した様子はなく、そのまま彼女はカウンターの席に座る。

その姿に飽きれながらも、さっきまでの鬱屈とした心が少し晴れた気がして内心彼女に感謝した。

エイダはラスダンを攻略する冒険者で、うちの数少ない常連客のひとりだ。

しかも、通常はパーティーを組んで攻略するラスダンにひとりで飛び込んで無事に帰ってくるんだから、常連冒険者の中でも五指に入るほどの腕前を持っている。

ラスダン最大のお宝である宝玉を手にしたこともある、正真正銘の超一流冒険者だ。

俊敏な動きで的確な斬撃を繰り出す剣士だと言われてるようだが、俺はエイダが剣を抜いているところを見たことがない。

宿屋で剣を抜くような事件を起こしていないということだから、店主としてはありがたい。

その陽気な雰囲気と高いコミュ力で、他の冒険者からも慕われている。

「まあ、客が来ただけでも良しとするか」

「そうそう、何事もポジティブに捉えなきゃね」

「そうだな……さぁ、ここまで大変だっただろう。まずは喉を潤してくれ」

エイダに対し、まずは冷やした果実水を提供する。

実力があっても、辺境にあるラスダンまで足を運んでくる冒険者はそう多くない。

他のダンジョンを攻略していれば食うには困らないからだ。

世界に無数に存在するダンジョンにはそれぞれ管理者がいて、それらがモンスターやお宝を生み出している。それさえ滅ぼさなければ何度でも攻略してお宝を手に入れることが出来るんだ。

だから、モンスターが外に出てこないような危険度の低いダンジョンは、人間にとっては枯れない鉱山みたいな扱いだな。ただ、死んだら魔法でも蘇生できないので、危険の大きい仕事だが。

だから、わざわざここに来てくれた冒険者には宿屋を気に入ってもらうため、さらには口コミ効果も期待して最大限サービスしている。

「ありがとう、この一杯が最高だわ！　んっ、ごくごく……ぷはぁ！」

美味そうに飲み干していくエイダを見て少し機嫌を直し、本題に入る。

「……さて、今回は何泊していくつもりだ。うちは前払いだぞ」

「とりあえず一週間ね。それで無理なら帰るし、最上部まで行けそうならもう何泊かする予定」

グラスの中で氷を回しながらそう言うエイダ。

「分かった……ところで、攻略するとして魔王は倒さないのか？」

そう問いかけると、彼女は一瞬キョトンとした後に噴き出す。

「くふっ、あんなの倒せるわけないじゃない。宝玉をかっぱらってくるだけで精一杯よ。前に一度、チラッと見たことがあるけど、はた目から分かる威圧感だけでも凄まじくて、全身から汗が吹き出しそうだったわ。一流冒険者をダース単位で突撃させたって傷一つつくか怪しいところね」

「そうか。まあ、宝玉を取るって言葉に説得力があるだけで十分凄いよ」

先ほども言ったが、冒険者たちの目的はお宝である宝玉であって魔王ではない。

そもそも魔王は桁外れに強い上に、目的の宝玉は魔王の放出した魔力が固まった結晶体だからだ。

金のなる木を切り倒そうとするやつはいない。当代の魔王は特に悪さしている訳じゃないしな。

ちなみに、魔王は何代も代替わりしていて、今の魔王は数年前に魔王になったばかりだ。先代魔王と同じく人間に対してはあまり干渉しないスタイルで、俺としては助かっている。

歴代魔王のなかには、配下の魔族を率いて人間へ戦争を吹っ掛けた奴もいたからだ。

「万が一、魔王が倒されたらうちも潰れるから心配でな……それより代金だ」

そう言って、俺は彼女の前に代金表を見せる。

すると、予想はしていたが案の定眉をひそめた。

「うーん、やっぱり高いわね。辺境の町宿の十倍以上、王都の一等地にあるホテル並みだわ。一週間泊まるお金で四人家族が何か月暮らしていけるかしら？」

「仕方ないだろ、こんな立地なんだから採算をとるのは大変なんだよ。それに、値段に相応しいサービスは提供しているつもりだ。辺境の宿屋にもプライドがあるからな」

値段が高い理由は、街から遠く離れているので仕入れも大変ということと、普通の宿屋と違って冒険者の為の消耗品なども仕入れてるからだ。特に回復薬なんかは高価な上に消費期限も長くない。

でも他に店が無いから、ここで用意するしかないんだ。

「はいはい、分かってるわよ。ここの品ぞろえには冒険者として一同助かってる。命を救われた人だって何人もいるし。それも品切れにならないよう維持してくれてるアレックスくんのお陰よ」

「うちは冒険者相手のサービスを最重視しているからな。ところで……」

そう言って、俺はエイダを上から下まで見る。

俊敏さを売りにしているだけあって必要以上に肉はついていないが、スタイルは十分良い。肩にかかるくらいの長さの金髪は丁寧に手入れされているし、胸だって小さくはない。ちょうど俺の手に収まるかどうか……と言ったサイズの美乳は、是非直接見たり触れたりしてみたい。

その親しみやすい性格もあって、常連の冒険者から何度か夜に誘われているのを見たことがある。たいていは断られて轟沈し、一緒に居る仲間に笑われているが。

そして、俺もエイダに声をかけているうちのひとりだった。

「もしよければ、特別プランで半額にしても良いぞ？」

「ふふっ、どこ見てるか丸わかりだよ？　相変わらず下心が丸だしね」

俺の視線に気づいたのか笑みを浮かべるエイダ。

「失敬な、俺だってパートナーがいる相手には手を出してないぞ」

俺が手を出してパーティーの仲が悪くなり、ラスダン内部で全滅なんてのは後味が悪いからな。

「……オホン、それでどうするんだ。我が宿の特別プラン、受けてくれるか？」

改めて問いかけると、エイダは少し考えてから頷く。

「そうだね……じゃ、半額プランにさせてもらおうかな！　浮いたお金で食事をちょっと豪勢にしちゃえるし」

「よっし！　……じゃなくて、ご利用ありがとうございます。半額プランだとこのお値段ですね」

俺は内心でガッツポーズをしながら、苦笑するエイダ相手に会計を進めるのだった。

二話　特別プランの内容

会計を終えた後、俺はエイダを二階の部屋へ案内する。

「二〇一号室、ここを自由に使ってくれ。朝食と夕食は朝晩の七時から八時の間、下の食堂で注文してくれ。昼の弁当も用意しよう」

俺が説明している間にもエイダは荷物を机に置き、鎧も脱いでベッドの上に倒れ込む。

「あぁー、柔らかいベッドが最高だわ」

それを見て、後ろ手に鍵をかけるとベッドのほうに近づく。

「それじゃあ、特別プランを始めても良いかな？」

特別プランとは、俺が見込んだ美女・美少女相手にしか提示しない宿の裏のプランだ。

高額な宿代を半額にする代わり、宿泊している間は俺の夜の相手になってもらう。

近くの町へ行くにも歩いて数日のここじゃ、そっち方面の欲望をなかなか満たせないからな。

俺は美人に相手してもらえて満足だし、向こうもお金が浮いて満足ということだ。

「ふふ、どーぞご自由に。望むまま相手になってあげる」

そう言って俺のほうに右手を伸ばしてくるエイダ。

俺はそれに自分の左手を絡めてベッドに押し付けると、彼女の上に覆いかぶさった。

「アレックスくん、優しくしてね？　明日ラスダンに潜れなくなったら大変だわ」

「一応自重はするつもりだけど、俺も久しぶりで抑えきれなくなるかもな」

そう言うと、手始めに右手を腹のほうから服の中にもぐり込ませる。

彼女の体温とすべすべした肌を感じながら上に移動させていく。

「んっ、やっぱりそこ……はうっ、ん……」

手が胸にまで到達すると、そのまま下着をずらしながら乳房を揉む。

手のひらが乳首を刺激して僅かな快感が生まれたのか、エイダの口から声が出る。

「相変わらず気持ちいいな、いくら触ってても飽きないよ」

「あっ、んく……べつにそんなに、大きいわけでもないのに……」

「大事な要素ではあるが、別に大きさが全てじゃないぞ。現に俺は今、すごく興奮してるしな」

「やっ、んんっ！　待って、激しくされたら敏感に……っ！」

強めに揉むと、それだけ刺激が与えられたのかエイダの体が強張った。

それを見た俺はいったん胸から手を離し、今度は下のほうに向ける。

だが、そこで俺の手はエイダの手に捕まった。

「そこまで。このままじゃやられっぱなしになっちゃうじゃない」

「む……」

女性らしい細腕に見えるが、そこに籠った力は強い。魔力で強化されているからだろう。

「おいおい、明日の為に余力を残しておくんじゃなかったのか？」

「このままアレックスくんの好きにさせてたら、足腰が立たなくなっちゃいそうだよ」

エイダはそのまま起き上がる。

そして、俺の肩に手を置くとベッドの端に座らせた。

「それに、割引きしてもらってるんだから、こっちからもご奉仕しないとね」

そう言って笑みを浮かべると、彼女は乱れた服のまま俺の前にしゃがむ。

俺のズボンに手をかけると下着ごと一気にずらした。

すると、すでに興奮で硬くなっている俺のものが現れる。

「うわ、もうこんなに……」

そそり立つ肉棒を見て、一瞬動きが止まるエイダ。

「ふーん、私の体に夢中になって、こんなになっちゃったんだ？」

「そりゃあ、こんなに魅力的な相手がいればな。近所にラスダンしかない俺にとっては女神だ」

「ふふ、お世辞が上手いね、ちょっと嬉しくなっちゃう」

少しだけ顔を赤くしたエイダは右手で肉棒に触れ、そのままましごき始める。

相手の急所を狙う繊細な剣捌きができる手は、ベッドの上でも武器になるようだ。

肉棒をしっかり保持するように握り、大きく上下に動かしていく。

ちょうどいいキツさで握られながら刺激され、肉棒はますます硬くなっていった。

「うっ……」

「気持ちいいみたいね。じゃあ今度は……」

俺の表情を見て効いていると思ったのか、エイダは追撃してくる。

肉棒を腹側に倒すようにすると、そこに顔を近づけて舌を出す。

そして、そのまま裏筋あたりを舐め上げたのだ。

ザラッとした濡れた刺激に俺の体は硬直する。

その反応を見たエイダは嬉しそうに頬を緩めた。

「アレックスくん、舐められるの気持ちいい？」

「ああ、ヤバい。めちゃくちゃ気持ちいい！」

ペロペロと舐め続ける彼女へ素直に答える。

すると、次の瞬間にはエイダの奉仕がいっそう強まった。

「はむ、ぢゅるる……れろっ、ちゅううぅぅ」

根元を咥えたかと思うと裏筋にキスし、吸い付くようにしながら舐めて刺激してくる。

これまでにも何度か経験したことがあるが、エイダの舌技は絶妙だ。

「さっきからビクビク震えてるのがどんどん激しくなってるよ。先っぽからも汁が漏れてきてる」

エイダはそう言うと、肉棒の根元を握って先端に唇を近づけた。

そして、俺に見せつけるようにしながら亀頭にキスをする。

「ちゅっ……今日は上の口の前にこっちの口とキスしちゃったね！　おっぱいに夢中になってなければキスできたかもしれないのに」

クスクスと笑いながら俺を上目遣いで見るエイダ。

だが、煽るように言われているにもかかわらず、怒りの感情は浮かんでこない。

それよりも、早くエイダに丸ごと咥えて欲しいという気持ちが高まるばかりだ。

「エイダ、いい加減咥えてくれ。もうおかしくなりそうだ！」

「はいはい、しょうがないなぁ……もぐっ！」

俺の言葉に彼女は嬉しそうな顔になり、肉棒を先端から咥えた。

手の中とは違う生温かい濡れた空間に包まれていき、中ほどまで呑み込まれる。

口内で舌が肉棒に絡みつく。

ペロペロと舐められていたのとは、まるで段違いの気持ちよさだ。

「うおっ、ぐぅ……」

「んふふっ……じゅるる、じゅぷっ、れろっ！」

俺が呻くの見て、エイダもやる気を出してきたらしい。

肉棒をさらに刺激するように頭を動かし始めた。

「んむっ、あむっ、ほらほら気持ちいいでしょう？」

根元を手で扱きながら先端からはフェラでの奉仕。

これが気持ち良くならないわけがない。

「最高だ、こんなの普通じゃ味わえない」

「街に行くときも仕入れだけでろくに遊んでないんでしょう？　私が溜まっている分を全部吸い出してあげる！」

その宣言通り、エイダは肉棒を深くまで咥えて吸い出すように刺激してくる。

「ん、ぢゅううう、じゅるるるっ！　れろっ、じゅぷっ！」

卑猥な水音が鳴るのも構わず、頭を動かして激しいフェラをするエイダ。

連続して与えられる刺激に限界が近づいていた。

「エ、エイダ、もう我慢できないぞ……！」

「いいよ、そのまま出して！　最後まで咥えててあげる！」

その言葉で俺の緊張が途切れた。

「出すぞエイダ、全部受け止めろ！」

堪えていたものが一気に押し出され、エイダの口の中に放出されていく。

射精の快感が腰から全身まで駆け巡り、体を強張らせる。

その間にも肉棒を彼女の口の中で暴れていた。

「んっ、んうぅっ！　んぐっ、んぐっ……！」

エイダは吐き出された精液をごくごくと音を立てながら飲み込んでいく。

彼女の口の中が自分の肉棒と白濁液で満たされていると思うと、思わず身震いしそうだった。

ようやく射精も収まり、エイダも放出された精液を全部飲み込んだようだ。

ゆっくりと口を離し、少し柔らかくなった肉棒が解放される。

「はぁ、凄い濃いよ。息まで精液の匂いになっちゃいそう」

そう言いながら俺のほうを見上げるエイダ。

それを見て俺は彼女を抱き上げると、再びベッドの上に押し倒すのだった。

三話　エイダとの本番

口での奉仕を味わっても興奮は収まらず、再び柔らかなベッドにエイダを押し倒す。

「わっ！　ちょっと乱暴じゃない？」

「大丈夫だ、俺の整えたベッドはふかふかだからな。大男が寝転んでも優しく受け止める」

「たいした自信だね。でも本当にふかふかでこのまま寝ちゃいたいくらい」

そう言って笑うエイダだが、俺はそれを咎める。

「まさかここで終わりとは言わせないぞ。もしエイダが途中で寝るとしたら、イキすぎて体に限界が来たときだな」

「もう、いつまで続けるつもりなの？　他にお客さんが来たらどうする……あんっ！」

俺は話している時間も惜しくなり、さっそくエイダを責め始める。

まず太ももに手をやり、その瑞々しい肌の感触を味わいながら上に動かしていく。

秘部を掠めるように手を移動させ、ベルトを解くと下半身の衣服を脱がした。

それが終わると同時に腕を上げるように指示し、上半身も裸に。

これで、俺の目の前に一糸纏わぬ姿のエイダが現れた。

「アレックスくん、脱がすのはいいけど、ちゃんとたたんでおかないと皺になるよ？」

「悪いけど丁寧にしてる余裕がなくてな、クリーニングのサービスもするから許してくれ」

そう言って顔を近づけ、今度こそエイダの唇にキスする。

軽い口づけを続けながら手を秘部に向けて動かし、入り口の周りを愛撫し始める。

「はっ、んぅ……これ、焦らされてるみたい……」

「こっちの準備は念入りにしとかないといけないからな。痛がられたら俺だって興がそがれる」

「そんなこと言って、さっき責められたお返しがしたいんでしょ……あっ、んくっ、やっぱり……ひゃああっ！」

図星を突かれた俺は誤魔化すように愛撫の手を強めた。

弄る指の本数を増やし、膣内が濡れてきたのを確認するとその内の一本を挿入する。

「あんっ、あっ、中に入ってくるっ！　うぅっ、いや、内側まで撫でないでっ！」

「そんなにいい声が出てるのに、だれが止めるかよ！」

俺はエイダが感じている様子に満足しながら愛撫を続ける。

膣内に挿入した指を慎重に動かしながら内側を撫で、快感を与えていった。

「はぁはぁ……久しぶりなのになんでこんなにっ！」

甘い声を漏らし、だんだんと余裕をなくしていくエイダ。

困惑した様子で目を向けてくる彼女に答えた。

「好みの相手の弱点はしっかり覚えてるからな。エイダだって攻略に役立つ情報は暗記してるだろ？」

「女をダンジョンみたいに……んっ、あう……」

「ダンジョンより手ごわい相手だよ。だから攻略するのに全力を傾けるし、上手くよがらせてると興奮する」

そう言って、俺は身を屈めるとエイダの胸の先を咥える。

「んあっ!? そ、そこまでっ！」

体が揺れるのに合わせて動く胸を捕まえるのは大変だが、一度捕まえれば逃がさない。

歯を立てないように咥えながらも舌で頂点にある乳首を責める。

「うっ、ああっ！ んううっ！」

エイダの喘ぎ声にもいよいよ余裕がなくなってきた。

膣内に挿入した指も愛液まみれでドロドロだ。

「……さて、準備ができたみたいだな。ちょっと腰を持ち上げるぞ」

一度体を離した俺は彼女の腰に手を回し、ベッドの上を転がすように回転させてうつ伏せにする。

それから腰を持ち上げると、腕も立たせて四つん這いの格好にさせた。

「アレックスくん、この格好……」

「奥まで繋がれるから、この体位が好きだっただろう？ たっぷり可愛がってやる」

「もう、年上に向かって……ふぐぅっ！」

俺が濡れぼそった膣へ肉棒を突き入れると、エイダが低い声で悲鳴を上げる。

一撃で膣奥まで突いたから、体内が押し上げられるような感覚があったんだろう。

みっともない声を出して顔が赤くなっているだろうエイダを想像しながら、続けて腰を動かす。

肉棒が奥に入り込むたびに中が押し広げられた。

解《ほぐ》したとはいっても、指が入る深さなんてたかが知れている。

一番奥の深い場所は直接肉棒で解してやらないといけない。

「んっ、うっ、んううっ！」

どうやらなるべく声を出さないようにしているらしいな。

堪えようと籠った声になっているのも、俺の興奮を誘うとは分かってないみたいだ。

「もっと我慢してもいいんだぞ。すればするほど、我慢できなくなったときが楽しみだしな」

「うぅ、変態だよ！　エッチ！　ドスケベ！」

「俺は頑張ってるエイダも、素直に気持ち良くなってるエイダも両方好きだからな。好きにしてくれていいんだぞ」

そう言うと、流石のエイダもこれ以上我慢するのは諦めたようだ。

「アレックスくんのいじわる……」

非難するようにそう言いながらも、だんだん嬌声が大きくなり始めた。

「あっ、ふぁうっ……やっ、あぁん！　そこ、お腹側が気持ちいいの！　もっと擦ってっ！」

「ここか、ここが気持ちいいんだな！」

「ひゅくぅっ!!　あうっ、ひゃあああっ!!」

まるで生娘のように大きな悲鳴を上げるエイダ。

いつもは余裕のある年上女性が快楽で蕩けている姿にますます興奮した。

大きく腰を動かし、好き勝手に膣内を突く。

日々のトレーニングで全身が鍛えられているエイダの身体も、それに反応して締めつけてくる。

ただ挿入しただけでは味わうことができない、本気の締めつけがエイダの魅力だ。

「女の本能を抑えられなくなってきたみたいだな。俺の子種が欲しいって締めてくるぞ！」

「あうっ、ダメ、勝手に動いちゃう……気持ち良くなるの抑えられないっ！」

「このまま最後までするからな！　しっかり準備しとけよ！」

エイダの緩急ついた締めつけで俺のほうもかなり高まっている。

この昂りを余すことなくぶつけようと、俺は彼女の腰を掴む手に力を込めた。

「あうっ、また腰が激しくなってるよ……私の中がアレックスくんに抉られちゃってる！」

「ああ！　もう俺以外の奴を相手にできないくらい覚え込ませてやるからな！」

独占欲を丸出しにしながら腰を打ちつける。

その俺の言葉を聞いたエイダの膣も嬉しそうに締めつけてきた。

俺は素直な身体にご褒美をあげるべく、先ほど教えられた弱点を重点的に責める。

「そこ、さっきの……っ！　んぐっ、おうっ!!　硬いのでズリズリ擦られちゃってるっ！」

「ぐぅ……イけ、このままイっちまえ！」

いよいよ限界が近い俺は湧き上がる衝動のままに腰を動かす。

エイダも余裕がないのか、言葉もなくただ嬌声を上げていた。

そして、野性に目覚めたようなセックスを続けていた俺たちにも限界が来る。

「はぁっ、はぁっ、イクッ、もうイクッ……！」

「俺もだ！　イクぞ、全部子宮に飲ませてやるからな!!」

最後の力を振り絞って肉棒を深く突き刺し、そのまま子宮へ押し付けるようにしながら射精する。

「つあぁ!!　イクッ、イクッ、イッックウウウウウウ!!」

思いっきり背を反らし、絞り出したような叫び声を上げるエイダ。

俺もその体にのしかかるようにしながら子種を注ぎ込む。

「うっ、あぁ……ぅ……」

全身を振るえさせてただ受け入れているエイダ。

最後は寝バックみたいな形にベッドへ倒れ込む。

「あつっ、熱いよ……どんどん流れ込んでくる……」

「動くなよエイダ、せっかく出したのが漏れ出てくるからな」

「うー、やっぱり変態だ……」

まだ絶頂の余韻は抜けていないようだが、その言葉に俺も笑ってしまった。

「もうすぐ日が傾く、今日はもう誰も来ないだろう。もうちょっとこのままでいて良いよな」

「いいけど、こんなに出されたら本当に出来ちゃうかもしれないよ。そのときは責任取ってね？」

「……どうせ用意周到なエイダのことだ、こうなるのも分かってて、薬か魔法を使ってあるんだろう？　ただ、万が一のことがあったら考えるよ」

「もう、無責任なんだから……」

そう言って笑い合いながら、俺たちは夕食の時間までゆっくり過ごすのだった。

四話　二組目の客

エイダとふたりで楽しんだ翌日。俺は一階へ下りてきた彼女をテーブルの一つに案内する。

昨日脱がせて投げ捨てた衣服は約束通り綺麗にしておいたので、見た目からも凛々しい。

「どうぞ、朝食だ。しっかり食べてじゃんじゃん攻略してくれ」

厨房から持ってきたプレートとスープをエイダの前に置く。

「うわぁ……何度見ても思うけど、ガッツリね」

「ダンジョン攻略は体力を使うからな。栄養バランスも考えてあるから野菜もしっかり食べろよ」

「はーい。なんだかお母さんみたいだよ、アレックスくん」

そう言って苦笑するが、すぐにモリモリ食べ始めるエイダ。

俺はそれを見て安心しながら受付けカウンターに戻る。

「さて、俺は今月の収支の計算をするか」

引き出しから領収書やら何やらを取り出し、その場で計算を始める。

食器の金属音とペンを走らせる音がその場を支配して数分。ふと俺はペンを止め顔を上げる。

誰かが、しかも足音からすると複数人がこの宿屋へ近づいてきているようだ。

「お、誰か来るか。もしかしたら赤字を免れるかも……」

そう呟いた直後、正面玄関の扉が勢いよく開く。

「いらっしゃいませお客様！　当宿屋へようこそ！」

俺はすぐに書類を片付けて、笑顔で客を迎える。

どうやら今度はおひとり様ではなく、五人組のようだ。

「おぉ、ほんとに宿屋があるのか！　単なる洞窟や洞穴だとか、ラスダンに惑わされた者たちが見た幻影とも聞いていたが……これは正真正銘の宿屋だ！」

先頭を切って入って来たのは腰に斧をぶら下げ、盾を装備した戦士だ。

「アルドン、ここに泊まるの？　ちょっとボロくないかしら？」

「文句を言わないでください、イーネル。辺境にあると考えたら立派ですよ」

あとから入って来た魔女然とした女を、神官らしき男がたしなめる。

「俺もイーネルに賛成だが、ここ以外に宿屋はないみたいだしな。仕方ねえ」

「エドワード、あなたまで！　失礼いたしました、私はリーダーのウィルフです。っと、オルベルも入っていらっしゃい」

魔女に賛同した斥候の男にも注意し、神官がカウンターまでやってくる。

どうやら彼がこのパーティーのリーダーらしい。

彼が呼んだ最後のひとりは、大人しそうな弓使いの少女だった。

「いえいえお構いなく、ちょうと静か過ぎると思っていたところです。それで、本日は五名様のご利用でしょうか？」

「そうです、五人で五日間お願いしたいのですが……」

「そうなりますと、お値段はこちらになります」

そう言って神官に代金表を見せるが、そこで彼の表情が曇った。

「これは……少々割高ですね」

代金表に示されているのは、温厚そうな彼の顔が変わるのも無理はない値段だった。

ここまでたどり着く実力があるなら払える程度に設定してあるが、決して安いとはいえない。

「まあ、見ての通り立地が立地ですので、維持費もかなりかかります。加えて冒険者の方々むけに、消耗品の売店も用意していますので……」

そう言って俺はカウンターの一角を指さす。

そこには回復薬はもちろん、魔法が収まったスクロールや各種道具が並んでいる。

俺が厳選したラスダン攻略用のアイテムたちだ。

だが、それを見ても神官の表情は晴れない。

「理由は理解しましたが、すぐにイエスとは……」

そう言うと、彼の様子を怪しんだ斥候の男がやってきた。

「何やってんだウィル、ちょっと貸してみろ」

そう言って彼の手から代金表をひったくると、そこに書いてある値段を見て大声を上げた。

「な、なんじゃこりゃ!?　おい店主、これじゃ王都にある高級ホテル並みだぞ！」

そう言って代金表を手に身を乗り出してくる斥候。その表情は明らかに怒っていた。

「いえ、ですから様々な理由がありまして。これでもギリギリなのですが」

「ふざけんじゃねえ！　どう考えたってぼったくりだ!!」

「確かに高いかもしれませんが、宝玉を手に入れれば宿代なんて、はした金になるんですよ？　アレを手に入れるつもりで来たのなら……」

何とかなだめようとそう言ったが、逆効果だったようだ。

逆上した斥候が拳を握りしめた。

「この野郎、俺たち冒険者を食い物にしやがって！」

「やめなさい、エドワード！」

神官の制止も聞かず、キレた斥候は俺のほうに殴り掛かってきた。

「勘弁してくれよ……シールドバッシュ！」

目の前に迫った拳に対し、俺は魔法の盾を生み出して迎撃する。

突如目の前に現れた盾を避けようもなく、奴は真正面から突っ込んだ。

「このっ……うぎゃあっ！」

すると斥候の男は悲鳴を上げ、弾かれたように後ろへ下がる。

この魔法の盾は防御だけでなく反撃の機能も持っているからだ。

「なるほど、斥候だけあって反応速度は良いらしい。上手く受けたから骨までは折れてないな」

「て、てめぇ魔法使いか！　だったら容赦しねえ！」

怒り心頭の斥候は腰から短刀を抜いて斬りかかってくる。

カウンターを壊させるわけにもいかず、俺も打って出た。

「お客様、店内で武器を抜くことはお断りしています……だから大人しく吹っ飛べチンピラが！」

俺は魔法で手のひらに火球を発生させ、それを斥候の腹に叩きつけようとする。

もちろん斥候は回避しようとしたが、その足を蹴り飛ばして転ばせた。派手な魔法は囮だ。

「ぐっ、こいつただの店主じゃねえ！」

「昔、冒険者だった母さんに仕込まれてな。こんな場所で店を構えるには武術も必要なんだよ」

痛みと驚愕で表情を歪めている斥候にそう言ってやる。

そこで殺気を感じて顔を上げると、残りの冒険者たちが俺に向け武器を構えていた。

「そこまでにしてもらいましょう、店主。これ以上の戦いは無益ですので」

メイスを持った神官と戦士が前に立ち、弓使いが斥候の男を確保している。

その素早い動きからパーティーの練度もそれなり以上だと読み取れたので、忠告する。

「ふん、そうか？　さっきのがこの斥候の全力ならラスダン攻略は諦めたほうが身のためだぞ、罠を避け切れずに死ぬのがオチだ」

「それは魔王城を見続けている者からの忠告ということでしょうか。だとしても、我々に対する侮辱ですよ！」

仲間を倒されて頭に血が上っているのか、神官まで俺に向かってきた。一瞬遅れて戦士も続く。

「アルドン！　隙を作ります！」

「おうよ、任された！」

神官がメイスを振りかぶる。狙いは腕のようだ。

俺が大きく横に動いて避けると今度は戦士が向かってきて、盾で殴りつけようとしている。

「殺しはせんが、痛い目を見てもらう！　せいやぁ！」

「それでは甘いぞ、アイスブレス！」

手のひらから猛烈な吹雪が発生し、戦士の左腕を肩まで氷漬けにした。これで動けないだろう。

「退きなさい、アルドン！　魔法なら私も負けないわよ、ウォーターバレット！」

後ろに控えていた魔女が圧縮した水の弾丸を繰り出してくる。

「馬鹿め、魔法の選択を間違ったな！　撃ち合いは弾が重いほうが有利だ、アイアンバレット！」

撃ち返すように発動した金属の弾丸は水の弾丸を砕き、そのまま魔女の体を強《したた》かに打つ。

「ぎゃんっ！」

「イーネル!?　くそ、撤退する。オルベル、援護を！」

「は、はい！」

半数が戦闘不能になったところで諦めたのか、パーティーはそのまま逃げだしていった。

俺も追うことはせず、近くにあった椅子へ腰掛け、ため息をつく。

「あぁ、やってしまった。せっかくのお客だったのに……赤字を回避できるかもしれなかったのに……」

「ははっ、朝から賑やかだったねぇ、アレックスくん」

落ち込む俺に対して、蚊帳の外にいたエイダは気楽そうだ。

俺は再びため息を吐き、散らかった椅子と机を片付け始めるのだった。

五話　三組目の客

「ふぅ、ごちそうさま。今日も美味しかったわ！」

「お粗末様、と言っても作ってるのは半分、ゴーレムだけどな」

俺はエイダの持ってきたプレートを受け取り、そのまま奥にいる洗浄係のゴーレムへと渡す。

この宿はひとりで切り盛りしていると言ったが、流石に本当にひとりきりではいろいろと手が回らない。

厨房の一部や洗濯、風呂焚きなどは、作業をインプットしたゴーレムにやらせている。

床が抜けると困るので軽い木製のゴーレムだが、衛生面や耐久面を考えて魔法で強化してある。

調理のほうも簡単なものなら全部任せられるし、複雑なシチューなんかも俺が下ごしらえを済ませておけば作ってくれる程度のパフォーマンスはある。

初期設定には、ちょっと苦労したけどな。

ちなみに動力源は莫大な魔力を持つ宝玉だ。宿屋の床下に魔力ラインを通してあって、そこから補充しているので、宿屋内のどこでも動かせる。

逆に宝玉が無くなると、ピクリとも動かなくなるが。

「それにしても、いい食べっぷりだ。少しは気が晴れたよ」

パンくず一つ残っていないプレートを見ると、提供する側としては嬉しいもんだ。

「どういたしまして。さっきは災難だったわね、彼らももう少し事前に調べてくれれば良かったのに」

「俺も、知らなうちに宿屋の存在が伝説化されてて驚いたよ……。この後はさっそくラスダンに行くのか？」

その問いに彼女は頷く。

「準備運動がてらに一階部分を回ってくるわ。本格的に入るのは明日からよ」

「怪我しないようにな」

「そうね、ゆっくり進めることにするわ」

そう言うと、エイダは準備をするために自室へ戻っていった。

俺もカウンターの受付に戻り、来るか分からない客を待つ。

先ほどのパーティーを逃がしてしまったことで、今日はこれ以上無理かと思っていた。

しかし、待ち始めてから十分と経たないうちに誰かが近づいてくるのが見える。

「まさかさっきの奴らが？　いや、違うな、今度は女四人組だ」

エイダから数えて三組目の客だ。ここまで連続して訪れるのは本当に久しぶりだぞ。

「よし、今度こそ泊まってもらわねば」

俺は気を取り直し、できるだけ穏やかに来客を迎える。

「いらっしゃいませ、お客様、当宿へようこそ！」

「あ、こんにちは。うわぁ、本当に宿屋さんだ、ここ」

「ええ、聞いた通りですね。ここがラスダン前の宿屋……」

最初に入って来たのは活発的で素直そうな、スポーツやってます的な雰囲気の槍を持った女。

次に入って来たのは、対照的に落ち着いていて思慮深そうな、補助魔法が得意のドルイド女。

その後ろにいかにも気が強そうで、パーティーの中でも一番芯が強そうな印象を受ける剣士の女。

最後に、いかにも遊んでいそうな軽い雰囲気の、斥候らしい軽装の女が入ってくる。

全員俺と同じくらいの年齢か、少し歳下といった感じだ。四人で一緒にカウンターへやってくる。

「あの、ここの店主のアレックスさんですか？」

「ええ、俺がアレックスです。街のほうで聞いたんでしょうか？」

俺の問いかけにドルイドの女は頷く。

「ははは、こんなところに宿があるなんて思わなかったでしょう」

自嘲気味にそう言って俺は苦笑いする。その様子に彼女たちも緊張が抜けてきたようだ。

唯一、剣士の女だけは鋭い目つきを崩さなかったが。

「そう言えば、ここに来るときにエルゼニスのメンバーを見たのですが、何があったのでしょう？」

「エル……なんですって？」

ドルイドの言葉に俺は首をかしげるが、そこで思い至った。さっき追い出した冒険者パーティーだ。

「街では新進気鋭のパーティーとして有名だったのですが、かなり負傷を負っていたようで……」

「いや、実は不幸なトラブルがありまして。店を壊される訳にもいかないのでお帰り願ったんです」

俺がそう言うと、ドルイドたちは驚いたように顔を見合わせる。

「じゃ、じゃあアレックスさんがひとりで？」

槍使いの言葉に頷くと、驚いたように声を上げる。

「本当に？　信じられないよ、連中は間違いなくわたしたちより格上なのに！」

「こんな場所に店を構えているのですから、それを守る店主の腕も相応ということでしょうね……」

この話で彼女たちの俺を見る目が少し変わってしまったようだ。尊敬の念が含まれている。

しかし、あいつらそれなりに名の通ったパーティーだったのか。

宿屋に悪評が付かないといいんだが……。

そんなとき、ひとり沈黙を続けていた剣士が割り込んでくる。

「ねぇ、いい加減話を進めたら？　ここの宿屋、かなり高いんでしょ」

「クファナ、それは流石に失礼じゃない？」

斥候の女が咎めるが、クファナと呼ばれた彼女は知らんぷりだ。

明るめの赤い髪をツインテールにしていて、ちょっと幼げな雰囲気があるが、目つきは鋭い。

しかもただ苛立って睨んでいる訳じゃなく、俺を警戒して分析しようとしているようだ。

さっきのパーティーを、俺ひとりで追い返したというのが信じられないのかもしれない。

「あの……すみません、アレックスさん」

「気にしないでください。こっちの話に夢中になって待たせてしまいましたから」

そう言って俺は代金表を取り出す。

「それで、何日ほどご滞在を？」

「ええと、四人で三日間お願いします。今回は様子見なので」

「ふむ、たとえ攻略できずとも、ラストダンジョンでの経験は貴重なものになると思いますよ」

そう言いながらペンを走らせ、金額を書き込んでいく。

彼女たちにそれを見せると、案の定というか渋い顔をした。

「うーん、聞いた通り割高ですね。これでは収穫がないと大赤字です、悩みます」

「確かに良いところのホテルに泊まれるくらいだね。かなりお財布の中身が寂しくなっちゃう」

「でも、私は宿屋があるのに野宿なんかしたくないわ。目の前にベッドがあるのに硬い地面で寝るなんて、ダンジョン攻略するときは最悪のテンションになるわよ！」

ドルイドと槍使いが思案顔になるが、斥候の女は支払う気のようだ。

「あたしもしっかり休めるなら払っても良いと思う。このラストダンジョンは難易度が高いけど普通のダンジョンよりお宝の品質も良いって聞くし、しっかり休んで体調を万全にして望めば必ず収穫を得られるわ」

剣士のクファナもそれに同調した。これで意見は半々だ。

まあ、野宿も出来ないことはないが、柔らかいベッドと比べてどちらが体力の回復や気分のリフレッシュに有効かは言うまでもない。

この雰囲気なら、槍使いとドルイドが懸念している値段の問題をどうにかすれば、ぐっと利用に傾くはず。

そして、俺は悩んでいるふたりを後押ししようと例の話を切り出す。

「実は、当宿には女性限定の特別プランがあるんですよ。それを使えば表示価格よりお安くします」

「えっ、本当ですか!?」

そう言って話に飛びついてきたのは槍使いだった。

俺は頷き、特別プランの内容を説明する。

といっても、昨日エイダに話したものとまったく同じだ。

「……と、まあこんな感じです。割引後はこのお値段にサービスさせてもらいますよ」

先ほどの代金表に修正を加え、再度パーティーに提示する。

四人とも綺麗な顔立ちをしているし、スタイルも悪くない。

特にクファナは、町を歩けば道行く男が振り返るような美人だ。

説明を聞いた彼女たちの反応は様々だった。

顔を真っ赤にしている槍使いの女と、値段を見て笑みを浮かべるドルイド。

俺を見てニヤッと笑う斥候と、気に入らないのか先ほどより厳しい顔つきになっている剣士。

まあ、見るからに「女として見られることが大嫌いです！」って雰囲気してるからな。

女だてらに剣士や戦士として第一線で戦っている冒険者の中には、こういうタイプも少なくない。

そして案の定、剣士のクファナが声を上げた。

「こんなのふざけてるわ！　そんな値段に出来るなら、最初からそうすれば良いのよ！」

「それは無理だ。これで原価ギリギリだからな。こっちに儲けが出ない。むしろ、こんな辺境の宿屋でここまでのサービスが受けられるんだから、値引き前の料金でも妥当だろう」

強気に出てくるクファナに対し、俺も態度を崩して答える。

「下心満載のプランを提示しておいてなんだが、こっちにも宿屋としてプライドはあるからな。サービスに関しては妥協していない。それは先代の運営から受け継いだ部分だ」

「だからって、こんな……女を食い物にしてるとしか思えないわ！」

「そう言われても、こんな辺境じゃろくな娼婦もいないしな。お互いにとって、得のある取引だろう？　それに、普通の料金を払ってくれるなら、俺だって夜の関係を強要したりしないし」

そう言ってみるが、彼女は納得しないようだ。完全に俺を女の敵だと断じて軽蔑してるな。

俺はひとまずクファナから視線を外し、ドルイドたちのほうを向く。

「それで、そっちのほうはどうする？」

「これだけ安くなるなら、私は構いません。夜のお相手もいたします」

「わたしも賛成かなぁ、お兄さん結構かっこいいし」

「う、うん……私も優しくしてくれるなら、良いかな？」

ドルイドも斥候も槍使いも賛成のようだ。さっきの談笑で好感度が上がっていたかな？

これにはクファナも驚いた様子で目を見開いている。

「し、信じられない！　あり得ないわよ！　あたしは野宿するからね！　こんなスケベな男と一つ屋根の下なんて絶対に嫌よ!!」

そう言って机に拳を叩きつけると、荷物を背負って出て行ってしまった。

「彼女、追わなくて大丈夫か？」

「クファナのことでしたら心配いりません。ちょっと気が強いだけなので」

ドルイドはそう言って苦笑いする。どうやら度々こういうことがあるようだ。

「なるほど、じゃあ心配いらないか。なら先に三人分の代金をいただくぞ。先払い制なんだ」

「わかりました。割引金額ですと、このぐらいですね」

そう言ってドルイドが革袋から料金を取り出した。俺はそれを計算し、おつりを返す。

「はい、これで会計終了だ。ちょうど今日は空いてるから、ひとり部屋を三つ用意しよう」

そう言うと、三人とも顔を見合わせて笑顔になる。

冒険者は拠点でもないとプライベートな空間を持てないからな。

「そこで一休みしたら四階にある俺の寝室に来てくれ、いいよな？」

続けてそう言うと、三人はしっかり頷くのだった。

六話　女冒険者たちとの一夜

完全に陽が沈んだ後、件《くだん》の三人が俺の寝室にやって来た。

示し合わせたのか、全員が下着に薄着を纏っただけの姿でかなり扇情的だ。

俺はその中からドルイドと槍使いを抱き寄せて、ベッドの上に座る。

「まさに両手に花だな、綺麗な女の子に囲まれるのは男の夢だよ」

そう言うと、左にいるドルイドが体を寄せてくる。

下着からこぼれ落ちそうなほど大きな胸が押し付けられ、その柔らかさに頬が緩む。

「これだけサービスしていただいてるんですから、私達もたっぷりお返ししますね、アレックス様」

そう言いつつ、腰に回されている俺の手を掴んで自分の胸に持っていく。

誘われた俺も遠慮せず、その豊かな乳房を鷲掴みにして感触を楽しんだ。

「あ、アレックスさん、私も……」

反対側からは槍使いが控えめに顔を近づけてきた。

見るからに生娘な彼女を怖がらせないよう、優しく抱きながらキスをする。

「んっ、ちゅむっ……はぁはぁ……」

たっぷり唇を合わせてから口を開かせ、舌を絡める。

だんだん興奮してきたようで、もっとしてくれとせがむように抱きついてきた。

俺も腰に置いた手を下げ、すべすべした桃尻の感触を楽しみつつ応える。

だが、この場に相手はもうひとりいるのだ。

最後の斥候が俺の正面に来ると屈みこむ。

「お兄さん、ふたり相手に夢中になり過ぎ！　まあ、わたし達も結構自信あるからね。クファナの横にいると、向こうのほうが目立っちゃうけど」

「今の俺にとっては、この天国が一番だよ」

そう言いながら斥候の前で左右のふたりを抱き寄せ、見せつけるように女体の感触を楽しんで見せる。

すると、斥候も楽しそうに笑う。

「ははは、楽しんでるね。いいよ、欲望に素直になれる人は嫌いじゃないし」

彼女は俺の下着を脱がすと、硬くなり始めた肉棒を持ち上げて舌を這わす。

「んっ、けっこうおっきい……れろ、じゅるるるっ！　んっ、ちゅぶ！」

竿のあちこちへキスするように刺激を与えると、今度は先端から咥えてしまう。

生温かくヌルッとした感触と、ざらついた舌が気持ちいい。

「じゅぷっ、むんっ、れるるっ！　すごい、どんどん大きくなってくるよ！」

「まあ、なんて逞しい。見ているだけでお腹の奥が疼いてきてしまいそうです」

「こ、これが中に入るの？　そんな、嘘だよね？」

斥候とドルイドはさらに興奮を高め、槍使いは想像以上のものに呆然としているようだ。

処女っぽい反応だ。俺は小さく震えている槍使いを抱き、背中をさすって落ち着かせてやる。

「よしよし、大丈夫だ。やさしくしてやるからな」

「は、はい……ひゃうっ⁉」

まだ動揺している彼女の手を、ドルイドが掴んだ。

いつの間にか位置を移動しており、彼女は槍使いの後ろにいる。

「ふふ、せっかくですから一番最初にこの子を味わってみますか？」

「ま、待って！　わたしまだ……はうっ、あんっ！」

ドルイドは槍使いの後ろから手を回し、発育の良い胸と秘部にそれぞれ手をあてている。

右手は胸をこねくり回すように揉みながら、左手は丁寧に秘部を弄っていた。

後ろからホールドされた槍使いは動くこともできず、ドルイドの手管で次第に抵抗できなくなっているようだ。

未だに続いている斥候のフェラも合わさって、俺の興奮はどんどん高まっていく。

「んぶ、はふっ、れろれろ……もう鉄みたいにガチガチだね。初めての相手がこれだなんて、もう他のじゃ満足できなくなるかも」

目の前にそそり立つものを見て苦笑いする斥候。それでも止める気はないようだ。

俺は向きを変えてふたりのほうへ近づき、槍使いのお腹に準備万端なものを押し付ける。

「アレックス様。こちらも準備完了ですよ。ほら、今からコレを入れてもらうんです。よく見ておかないとダメですよ」

「ふぇ？　っあ、あぁ……無理、こんなの無理だよぉ！」

「大丈夫です、ちゃんと支えてあげますから。さぁアレックス様！」

ドルイドに促され、俺は十分に解《ほぐ》された槍使いの中に挿入していく。

何人たりとも侵入したことのない狭い膣内を掻き分けるように進み、そのまま処女膜を突き破る。

「んぎっ!?　うぐっ、あうぅ！」

槍使いは挿入されるにつれて苦しそうな表情になり、後ろから回されているドルイドの手を握る。

その懸命な姿にますます興奮し、俺は一番奥まで腰を進めた。

「きゅうっ！　あっ、はふぅぅ！」

「くっ……これで一番奥まで入ったぞ。このままちょっと慣れるまで、じっとしておこうな？」

「はぁはぁ、はいっ……」

俺の言葉に槍使いが頷くのを見ると、彼女を支えていたドルイドも体を離す。

そして、横になった槍使いの体を跨ぐようにして俺に向かい合った。

「仲間の初めてを貰っていただいてありがとうございます。処女の膣穴の感触はいかがですか？」

「ああ、最高に気持ちいいよ。隙間なくピッタリ締めつけてくる」

「それは良かったです。すぐにでも動きたい気持ちはあるでしょうが、もう少しだけお待ちください。その間は私がお相手いたします」

そう言うとドルイドは正面から抱きつき、俺にキスしてきた。

真面目そうな顔をしているが、最初から舌を絡ませるようなディープキスだ。

空いた両手で槍使いよりむっちりした尻を掴み、満足するまで揉み続ける。

「んじゅ、れろ、れろ……」

「わたしも忘れないでよ。ほら、後ろからおっぱい押し付けてあげる」

ドルイドに合わせるように斥候も抱きついてきた。

胸元と背中へ豊かな胸が押し付けられ、サンドイッチされるみたいにその感触を楽しんでしまう。

一センチも動かさないにもかかわらず、挿入中の肉棒は限界まで張り詰めていた。やがて槍使いの子も慣れてきたようだ。

「あんっ、またお腹のなかでピクピク動いてる……でも、もう大丈夫です」

「そうか、じゃあ三人とも楽しませてもらおうかな」

少し名残惜しかったが前後のふたりに離れてもらい、槍使いの両側に寝転ばせる。

そしてゆっくり腰を動かしながら、ふたりの秘部にも手で愛撫を始めた。

「くふっ、あんっ！　お腹の中、おっきいのがズルズル動いてるっ！」

痛みは引いたようだが、まだ体内で異物が動くことに慣れていないようだ。

困惑と快感が半々のような感じで、槍使いが声を上げている。

「この子の中に全部入ってしまったんですね、次は私かと思うと興奮してしまいます……んくっ！」

「はぁはぁ、次はわたしでしょう？　こんなに凄いものの相手なんて、そうそう出来ないんだからっ、あぁん！」

早くも次の順番を巡って争いが始まってしまいそうだ。

嬉しくもあるが、本気で喧嘩になってしまうのも困る。

「ふたりが満足するまで何回でも相手してやるさ。五回でも十回でもな」

そう言うと、指を入れているふたりの膣が同時に締めつける。

「そ、そんなにされたらおかしくなってしまうかもしれません」

「はは、お兄さんに絆《ほだ》されたらここに居ついちゃうよ？」

「悪いがそれは勘弁してくれ、宿屋の稼ぎじゃ女を囲う余裕もなくてな」

そう言って、あくまで今回だけの関係だと強調する。

しかし、だからといって手を抜くことはない。

槍使いの子宮を突き上げるように腰を動かしながら、両手を使って左右のふたりも可愛がる。

次第に締めつけも強くなり、彼女たちの絶頂が近いと分かった。

「三人とも、このままいくぞ！」

「ひゃっ、はいっ！　きてください、アレックスさんの、私に全部下さいっ！」

「イクッ、イキます！　指だけでイかされてしまいますっ!!　あうっ、くううぅぅッ!!」

「わたしもイクゥ！　こんなに早くイかされちゃうの初めてぇ!!」

ほとんど一緒に絶頂する三人。

俺も同時に、槍使いの一番奥まで届くように腰を押し付け、射精する。

マグマが噴き上がるように精液が発射され、子宮を白く染め上げていった。

俺はそのまま交わり続け、最後までしていたドルイドが気を失ったところで、彼女たちに囲まれるように眠りにつくのだった。

七話　女冒険者パーティーの挫折

翌日、女冒険者たちは何事もなかったかのように起きてきた。

本人たちもあれだけ乱交して体に変調がないことを不思議がっていたが、俺が魔法使いであり、疲労回復を促進する魔法をかけたと言ったら納得してくれた。

そもそも何で魔法が使えるかというと、そこは父親側の才能が受け継がれたらしい。

母さんは最初、俺を剣士にしようとしていたらしいが、魔法の適正があると分かると嬉しそうな残念そうな微妙な顔をしていた。

一応習ったので剣も使えるが、魔法の才能のほうが圧倒的で、母さんが冒険者時代の伝手で集めた魔導書も読み漁った。

今では一般的に知られている魔法なら、使えないものがないほどだ。

「ふーん、それで自分の精力を増強して楽しんでたんだ」

そう言って、半目でカウンターから俺を見ているのはエイダだった。

例のパーティーはちょうどテーブルのほうで朝食を食べている。

「なんだ嫉妬か？　エイダはそんなタイプには見えなかったんだがな」

「私だって、一度抱かれた男が他の女を抱いてたら嫉妬するよ。それも同じ屋根の下で、三人も！」

「いや、まさかひとりずつという訳には……」

「いつもみたいに魔法で防音するの忘れてたでしょ。私の部屋まで声が聞こえてきたよ!?」

意外と詰め寄ってくるエイダにたじろぎながら、俺は餌で釣ることにした。

「それは悪かった。夕食のデザートにフルーツをサービスするから許してくれ」

「むぅ、なんだかあしらわれている気がするけど……まあ許してあげる」

そう言って笑みを浮かべるエイダ。こういうさっぱりした性格なので、助かっている。

そうこうしているうちに宿の玄関が開き、昨日飛び出したクファナが入ってきた。

「……おはようみんな」

「おはようございます、クファナ。一緒に朝食はいかがですか？」

ドルイドが誘うが、彼女は首を横に振る。

「外で済ませてきたから。それより昨日はしっかり休めたの？　宿に泊まって疲れたなんて、本末転倒よ」

「その点は問題ありません。アレックス様がご親切に、疲労回復効果のある魔法を使ってくれたそうです」

「へえ、そうなんだ。なら腰が痛くて動けないなんてことはなさそうね」

表情には出ていないが、心なしかクファナからトゲトゲした雰囲気を感じた。

それに触発されてか、他の三人も少しピリピリしているように思える。

俺はその場の緊張の原因であるクファナに対し、厨房から温めたミルクを持ってきて出してやる。

「ほら、これだけでも飲んでいけ。魔法で保存してたから搾りたてそのままだぞ」

「……これもお金取るんじゃないでしょうね？」

「まさか、俺からのサービスだよ。温かいものでも飲めば少しは落ち着くだろう」

そう言ってホットミルクを置いて厨房へ下がる。

そのうちに三人も食事を終え、準備を整えて本命のラスダン攻略へ向かうことに。

食器を片付けるときにミルクのカップを見たが、しっかり中身はなくなっていた。

気は強そうだが、頑固者というわけではないようだな。


「では、これよりラスダン攻略に移ります。今日は様子見ですが、油断せず集中しましょう。クファナも良いですね？」

「……ええ、分かってるわよ。昨日のこととダンジョンは別でしょ」

そう言って真剣な面持ちになるクファナ。

他のメンバーもラスダンの威容を前に自然と緊張し始めているようだ。

そんな四人にエイダが話しかける。

「ねえ、あなた達。攻略は今回が初めて？」

「はい、そうです。しかし貴女は？」

「私はエイダ、先輩からのちょっとした忠告をしようと思って」

陽気に話しかけるエイダに困惑していた四人だが、話を聞いているうちに真剣な顔つきになり、内容を記憶し始める。

彼女たちは忠告を元に作戦を練り直したようで、売店でいくつか道具を買ってくれた。

「これで何とかなりそうね」

「そうですねクファナ、親切なベテランの方に会えて幸運でした。ではお二方、行ってきます」

「ああ、命を大事に気をつけろよ。魔王城の攻略法は一つじゃないからな」

荷物を背負って手を振る彼女たちに、俺も手を振り返した。

唯一、クファナだけは俺と目線を合わせようとしなかったが。

「……ふぅ、行ったな。それにしてもエイダがアドバイスするなんて珍しいじゃないか」

「女だけの冒険者でここまで上ってこれるのは少ないから、そう簡単にやられてほしくなかったの。それに、今日はあの子たちが入るなら私は止めとこうかなって」

そう言って笑みを浮かべるエイダだが、俺はそれが完全な本心ではないと感じていた。

「それで、本当のところは？」

「……ふふふ、あの子たちが帰ってくるまで、今日はアレックスくんと楽しもうかなって」

「あっ、ちょっ……うわっ！」

エイダの獰猛な目に気づいたときにはすでに遅い。

俺はパーティーの無事を願いつつ、獣欲と嫉妬で昂ったエイダの相手をするのだった。

◆　◆

それから時間が過ぎ、夕方ごろになった。

散々交わってようやくスッキリした様子のエイダと一緒に、一階で彼女たちの帰りを待つ。

「……もうすぐ日が暮れるな」

「どんな凄腕パーティーでも一日では攻略できないよ、ラストダンジョンは。引き際を見極めて帰ってくるでしょう」

エイダはそう言うが、つまり、引き際を見誤れば二度と帰ってこないということだ。

だんだん心配になってきたそのとき、宿の扉が乱暴に開け放たれる。

「た、ただいま帰りました……くぅ……」

「何なのアレ、信じられないよぉ……」

「ううっ、マジで死ぬかと思った！」

服を汚れだらけにしてヨロヨロと入ってくる三人。

重傷を負ってはいないようだが、細かい傷が無数に見て取れる。

最後にクファナが入ってきて、扉を閉める。

彼女も疲れているようだが、他の三人と比べれば明らかに傷が少ないし服も綺麗だった。

剣士なので後ろで引きこもっていたわけでもないだろうし、実力は四人の中で一番らしい。

「街で聞いたことや、エイダさんから聞いた話どおりだったわ。でも……私たちの想像以上にね」

そう言って机に腰掛けるクファナ。

俺は疲れ切った様子の四人に、すぐに温かい飲み物を出してやる。

「四人とも大きな怪我はないな、じゃあ最低限上手くやったじゃないか」

そう言うと一瞬クファナが俺を見て、懐から何か取り出した。

それは宝石の付いたネックレスや指輪など、紛れもないダンジョンのお宝だった。

「手に入れられたのはこれだけよ……」

「大したもんだ、初めての挑戦で獲物をかっぱらってくるとはな！」

俺が素直に称賛すると、彼女は顔を逸らす。

試しに見てみると、小ぶりだが価値の高い宝石もいくつかある。

魔力の宝玉とは比べものにならないが、それでもしばらくの宿代くらいにはなるだろう。

「こんな物じゃ終われないわ。次は必ず宝玉を……！」

「ま、待ってくださいクファナ。私たちは疲れ切っていて動けないんですよ！」

「……分かったわ、じゃあ休日を挟んでもう一度チャレンジね！」

そう言うクファナに対し、三人は何とか頷いている状態だった。

「じゃあ、私はまた野宿するから」

「おい、せめて夕食くらい食べていかないか？」

その背中に呼びかけるが、彼女は無視して行ってしまった。

「はぁ、困ったな。この調子じゃ先が思いやられる」

どうもこのパーティーは、俺が関わる以前から溝のようなものがあるようだ。

クファナとその他三人の意識の違いだな。

クファナはラスダンの攻略にかなり意欲的だが、他の三人は初戦でその難易度に打ちのめされてしまっている。

こういう場合、無理をしてダンジョンに入ると危険だ。

昨日の一件もあるし、俺は親切心と趣味から一石を投じることにしたのだった。

八話　アレックスの誘い

結局、剣士のクファナは野宿する意志が固かったようで、宿には昨晩の三人が泊まる。

これは俺にとって都合が良い。彼女の気が強くて助かった。

クファナの目を気にすることなく、じっくり話ができそうだ。

夕食を済ませた三人に風呂に入ってくるように勧め、俺はある準備を進める。

といっても大掛かりなことではない。紙とペンがあれば事足りるものだ。

「ふむ、こんなもんでいいだろう」

出来上がった書類を不備がないか確認し、そのまま懐に入れる。

ちょうど三人も風呂から上がったようで、俺は彼女たちのもとへ向かった。

まずドルイドの部屋をノックするが、出てきたのは槍使いだった。

「あ、アレックスさん！　何か御用ですか？」

「ああ、ちょっとな。三人ともこの部屋に？」

「はい、いますよ。中へどうぞ」

そう言うと扉の鍵が開き、中に招かれる。

奥の部屋に残りのふたりもいて、まだ少し濡れている髪が艶やかだった。

これからする話がなければ、押し倒したくなるほどに魅力的だ。

ただ、今はより重要なことがあるので欲望はぐっとこらえる。

「やぁ、実はちょっとした提案があって来たんだ」

そう言いつつ、ふたりのいるテーブルに俺もついた。

「アレックス様からの提案ですか？」

不思議そうに首をひねるのはドルイド。

まあ、特段何もしていないのに俺のほうから話を持ってくるなんて普通はおかしいからな。

「そう気にしないでくれ、これは俺のお節介みたいなものだ」

そう言って、懐から一枚の書類を取り出す。

それを、目の前の三人にも見えるようにテーブルの上に乗せた。

「これは？」

「まあまあ、まず読んでみてくれ」

三人の目線が書類に集まり、その内容を読み進める。

すると、彼女たちの顔がみるみるうちに変わってきた。

「これは……アレックス様、本気なのですか？」

真剣な面持ちの彼女に俺は頷く。

三人に見せたのは、この宿屋にあるもう一つの特別プランだ。

「報酬と引き換えに、店主がラスダンから宝玉を持ってきますって……本気なの？」

同じく書類を見ている斥候が、呆然とした表情で問いかけてくる。

俺はそれに頷くことで返した。

「残念ながら宿屋の収入だけじゃ食っていけないからな、裏稼業だよ。もちろん機密事項だから、魔術的な契約で絶対に口外しないようにさせてもらうけどな」

こんな客入りでは客単価を高く設定しても追い付かないのだ。

宝玉を一度でも手に入れれば、後の人生は遊んで暮らせる金額になる。そのせいで、常連客であっても一度クリアしてしまえば、二度と挑戦にこない者もいる。

特別プランは、この宿屋を残すためにも必要なことだった。

「で、でもこんなにたくさん払えないよ！」

そう言って情けない声を出すのは槍使いだった。彼女が指さした依頼金の欄には、途方もない金額が記されている。その値段は、王都の一等地に家が数軒建てられるほどだ。

「私たちの手持ちではとても……一度街に帰ってもまったく用意できません」

しっかり、自分たちの経済状況を把握しているらしいドルイドが頭を振る。

ここにたどり着くほどの冒険者ならそれなりに蓄えはあるはずだが、やはり高すぎるのか。

だが、ラストダンジョンの難易度を考えたらこれでも安いほうだ。

「それより、本当にお兄さんが宝玉を取ってこられるの？　ほんとうにあの冒険者パーティー……エルゼニスをひとりで退けたのなら、確かに強いんだろうけど……」

流石に胡散臭く感じたのか、そう言う斥候。

そんな質問が出るだろうとは思っていたので、俺はポケットから宝玉を取り出す。

それを見た瞬間、三人の目の色が変わった。

「そ、それが宝玉……本物なの!?」

「見ているだけですごい魔力が秘められていると分かります。本物です！」

槍使いはもちろん、普段冷静なドルイドも興奮した様子だ。

「そ、それがあれば……！」

一方、斥候は目の前のお宝に目がくらんだのか、手を伸ばしてくる。

俺は宝玉をひょいと退けて、彼女の腕を掴むと拘束した。

「は、放せ！　放してその宝玉をわたしに！」

「落ち着け。これに目がくらんで襲い掛かってくる者もいるが、俺が無事に店主を続けてるのを見ればどうなったかは理解できるだろう？」

静かにそう言うと、彼女たちの興奮も冷めたようだ。

一度俺に負けて逃げるパーティーを見ていたからか、戦っても勝てないと悟ったようだ。

「そう、それでいい。無駄な争いは良くないからな」

「うちのメンバーが失礼しました、すみません。しかし、宿の支払いにも悩んだような私たちに何故この話を？」

落ち着いて思考力も回復したのか、ドルイドが問いかけてくる。

「そうだな、それはお前たちに現金以外で払える手段があるからだ」

「それはいったい……まさか、また体を？　ただそれでも……」

俺に抱かれて割引された額を考えれば、年単位で奉仕しなければならない。

彼女たちとしても避けたいだろうし、俺も一夜の関係だと割り切っている。

何度も相手をしているエイダのような存在が例外なのだ。

そこで、悩む三人に俺は考えていた要求を突きつける。

「いるじゃないかひとり、飛び切りの値段がつきそうな奴が。まあ今、ここにはいないがな」

「つ！　まさかクファナを？　仲間を売れって言うの!?」

槍使いがテーブルに手をついて立ち上がる。だが、それを斥候が制する。

「待てよ、確かに悪い条件じゃないだろう？　お前もクファナとの亀裂は感じてただろうし」

俺がそう言うと、槍使いも渋い表情になる。

見たところ、四人の中ではクファナが実力と意欲で頭一つ抜けていたからな。

けして三人がお遊び感覚で冒険者をやっているとは思わないが、意識の差はあっただろう。

そして何より、一般的にも十分に美人といえる彼女たちより、クファナはさらに美しい。

女性パーティーにおいて、容姿の格差は仲間割れの原因になりやすいのだ。

「……確かに彼女とは常日頃からギャップを感じていました。戦いでも、日常でも」

それまで考え込んでいたドルイドが口を開く。

「私たちも冒険者という粗暴な仕事の中でも、女として外見は気を使っていたのですが、クファナがいるとその努力も霞んでしまいます」

続けて発せられる言葉には、今までの悩みが全て含まれているような気がした。

クファナに対する羨望と嫉妬は際限なく溜まっていたのだろう。

そして、俺がその心の蓋を開けてしまったようだ。

「やっぱり、ずいぶん複雑な感情を抱いていたみたいだな。だが、それも今日で終わりにしたらどうだ？」

俺は三人の前にもう一枚の書類とペンを出す。契約書だ。

「冒険者はパーティーの仲間が三人もいれば、本人抜きでも契約は効力を持つ。このまま組んでいればいずれ歩調が合わなくなってダンジョン内で死ぬぞ。契約したほうが双方の為だ。別に永遠に縛り付けるわけじゃないし、何か言われても俺のせいにすればいい」

俺は三人に免罪符を与えるように言って、ペンを渡す。

それぞれ顔を見合わせた三人は、頷き合うと契約書にサインし始めるのだった。

九話　クファナを誘い込む

三人と契約書を書き終えるころには、完全に陽が沈んでいた。

契約書の大筋としては、クファナをこの宿屋に就職させる形となる。

期間は一年間。彼女の特別な容姿を考えれば、依頼の代金としてもそれくらいが妥当だ。

ただ、しっかり条件欄に『店主の命令は忠実に実行しなければならない』と記してあるので、実質は俺の言いなりになる。

本来こういう契約は本人抜きには出来ないんだが、冒険者特有の慣習も利用して、少しばかり強引にやらせてもらった。

あんな美女には、そう簡単にお目にかかれないからな。何としてでも、ものにしたい。

「よし、これでクファナは言いなりだな。ここからスムーズに手籠めにするために、三人にはもう少し協力してもらうぞ！」

「分かりました。ここまできたらアレックス様と一蓮托生です」

「そう緊張するな。俺が本当にクファナを堕とせば、契約も何も要らなくなる」

そう言うと、ドルイドは少し困惑したような表情になる。

「なんだか、昼間宿屋の店主をしているときと様子が違いますね」

「人間だれしも裏の顔を持っているものだ、冒険者に親切な面と女好きな面があっても、不思議じゃないだろう？」

「そうですね、クファナもダンジョンに挑むときは真面目ですが、街では男たちに囲まれていましたし。上位パーティーの男性陣と、楽しそうに話していたところも見たことがあります」

そのときのことを思い出したのか、苦々しい表情になるドルイド。

まあ、あれだけ綺麗なら男が放っておくはずがないよな。

俺は契約書を丸め、三人に話しかける。

「まずはクファナを、自然にこの宿屋に迎えることだ。それは頼んだぞ」

「わ、分かったよ」

「任せといて。わたしたちの言葉なら信じてついてくるよ」

槍使いと斥候も頷き、いよいよクファナを罠にハメるために動き始めるのだった。

◆　◆

「さぁクファナ、中へどうぞ。貴女の部屋は用意してあるので」

「大丈夫なの？　その、お金とか……」

ドルイドに連れられて、クファナが宿に入ってくる。

俺は宿の事務室から魔法を使い、館内の至るところを監視できるようにしている。

今回はそれを利用し、彼女たちの様子を見ていた。

「ええ、お金のことなら心配いりません。宝飾品を換金してもらって賄いましたから」

「えっ、そうなの？　せっかく数少ない収穫だったのに大丈夫？」

「またダンジョンへ入るとき、クファナには万全な状態でいてほしいんです。うちのパーティーの主力ですからね」

自分が裏切っていることなどおくびにも出さず、笑みを浮かべて言うドルイド。

こういうところで、女って本当に怖いと感じる。

一方のクファナは、ドルイドの言ったことを完全に信じているようだ。

感動したような表情すら見せて頷いている。

「さぁ、まずは汚れと汗を流しましょう。お風呂も用意しています。今なら貸し切りですよ？」

「うん、流石に濡らして絞ったタオルで拭くだけじゃ限界だったわ、ありがとう！」

「いえいえ、同じ女ですから気持ちはよく分かりますよ」

ふたりが浴室に入ると、監視範囲から外れてしまう。プライベートな場所までは魔法で監視していない。

客のなかには、やり手の魔法使いや魔女もいるので、バレたらトラブルになってしまう。

その代わり、女湯の近くは少し改装してあって俺専用ののぞき穴が設置してあるのだ。

「さてさて、まずはその体を拝見するとしますか」

期待に胸躍らせながら、隠し通路に向かう。

薄暗く狭い通路に入ると奥まで進んでいき、そこにある小窓を開ける。

そこには小さな穴が二つ開いており、顔を近づけると浴室の様子が見えてきた。

「ふぅ、生き返るわ！　やっぱりお湯は気持ちいいわねぇ」

そこには、一糸纏わぬ姿で体を洗っているクファナの姿があった。

真っ赤な髪は水に濡れ、いつもツインテールに纏めている部分を下ろしている。

そして肝心なプロポーションのほうだが、まさに完璧だった。

冒険者チームの前衛らしく引き締まった体だが、要所要所に女性らしい肉付きが見える。

特に胸はなかなか立派なもので、巨乳といって差し支えない。

その感触を堪能したくて、俺は早くもうずうずし始めていた。

そうこうしているうちにクファナは湯船に入り、全身を伸ばしてくつろいでいる。

大柄な人でも、きちんと手足を伸ばしてくつろげるサイズの浴槽は、うちの自慢だ。

「はぁ、野宿してたから、あちこち凝っちゃったわ。きちんとほぐさないと」

そう言って、湯に浸かりながら体を動かすクファナ。

腕を動かすたびに大きな胸も揺れ、水面に波を立てる。

足を抱えれば、太ももから足首までの美しいラインが露《あらわ》になった。

女の裸なんか見慣れているはずなのに、こういう状況で見るといやに興奮する。

「あぁ気持ちいい！　この宿のことを知る前に店主を怒鳴ったのは、やり過ぎだったかなぁ。でも、女好きなのは事実だし……うーん」

リラックスして落ち着いたからか、いろいろ考えているらしい。

まあ、客として味わう最後の時間を楽しんでいればいいさ。

「……俺の目に間違いはなかったようだし、こっちも存分に楽しませてもらいますかね」

クファナにバレないうちにその場を去り、風呂から上がった彼女を素知らぬふりをして待ち受ける。

髪を濡らし、ラフな格好で一階奥にある浴室から出てきた彼女は、俺の姿を見て固まった。

「アレックス……さん。どうしてここに？」

「無理にさん付けしなくても結構ですよ。お風呂上りにこれをどうぞ。デザートのあまりもので恐縮ですが」

そう言って、冷やした果物が盛り付けられた皿を差し出す。

「これ、あたしに？」

「ええ、残念ながら夕食の時間には間に合いませんでしたので。軽食にでもと」

営業スマイルでそう言うと、彼女も少し迷ったようだったが皿を受け取る。

「あ、ありがとうアレックス。いただくわ」

「ぬるくならないうちに召し上がってください。それではおやすみなさい」

「うん、おやすみ」

軽く頭を下げると、彼女もそれに返してくる。

えらく単純だなと思ったが、好感度がマイナスから抜け出せたようなので良しとする。

契約書があるから大丈夫だろうが、いざ事に及ぶときに抵抗されたら面倒だ。

まあ、ドルイドの話を聞く限りたいそうモテていたそうだから、すること自体には慣れているかもな。

こんな辺境にずっといるからか、異性と巡り合う機会がなかなかない俺には羨ましい限りだ。

「さて、俺のほうも準備にかかるか」

まずはクファナの部屋全体に、防音の魔法をかける。

もともと全ての部屋には魔法陣が仕込んであるので、魔力を流すだけで事が足りる。

あとは寝静まったころを狙って、忍び込むだけだ。

三十分、一時間と時が過ぎ、宿の中が静まり返っていく。

あの三人はもう寝ただろうし、エイダも今日はラストダンジョン内のセーフポイントで休むと聞いている。

邪魔する者は誰もいない。

「……そろそろ行くとするか」

事務室の椅子から立ち上がり、契約書を持っているのを確認するとクファナの部屋へ向かう。

案の定、鍵がかかっていたが、それもマスターキーを前にすれば何の意味もなさない。

部屋に入ると、奥のベッドではクファナが寝息を立てていたのだった。

十話　クファナに夜這い

俺の目の前に、気持ちよさそうに寝息を立てているクファナがいた。

まるで警戒していない表情でかなり無防備だ。格好も下着の上に薄い毛布を被っただけだった。

一応ベッドの傍に剣が立てかけてあったので、それを部屋の隅に移動させておく。

「魔法は使わない純粋な剣士らしいし、これで大丈夫だろう。じゃあいただくとしますかね」

俺は上着を脱いで椅子に掛け、クファナに近づいていく。

ベッドに腰掛けると、その綺麗な赤い髪に触れる。

まるでシルクのように肌触りが良かったが、剣士としての勘なのか目を覚ましてしまったようだ。

「んっ……誰よ！　え、剣が無い!?」

俺が手を退かした瞬間起き上がり、ベッド際にあった剣を取ろうとして、それが無いことに愕然としている。

そして、目の前にいる俺を見て険しい表情になった。

「ちょっと、なんでアレックスがここにいるの!?」

「残念、起きちまったか。仕方ないな」

足音や気配は消していたが、触れるときばかりは仕方ない。クファナもそれなりに優秀な剣士のようだしな。

「そんなことより説明よ。いったい何が……て、なにこれ？」

少し興奮している様子のクファナに例の契約書を見せる。

内容を読み進めていた彼女は次第に手を震わせた。

「な、なによコレ。まるであたしがアレックスの奴隷になるみたいじゃない！」

「まさか、ちゃんとした従業員として雇うさ。そうだな、ウェイトレスあたりでどうだ？」

「そういうことじゃない！　本当にあの子たちがあたしを差し出したの!?」

「ああ、裏切った。宝玉欲しさにな」

その言葉に彼女は酷いショックを受けたような表情になる。

「嘘よ、絶対嘘！　何であの子たちが裏切るの!?　ここまで一緒に戦ってきた仲間なのに……信じられるわけないわよ！」

「確かに信頼関係はあっただろう。だからこそ本人抜きで契約できたんだからな。ただ、その信頼も時間が経って綻んでいたというわけだ。そのあたりを見抜けなかったのはお前の責任だな」

「私のことを信頼しなくなっていた？　いつから……どうして……？」

今までの常識が崩れ落ちているのか、呆然とした表情で手足を震わせているクファナ。

俺はその間に彼女の隣に座って腰を抱いた。

「ちょっと何して……」

「クファナ、抵抗するなとは言わないが暴力は止めろ。俺だってせっかくの美女を傷つけたくない」

「うっ……体に力が入らない。そうか、魔法の契約書ね」

彼女は俺の胸に手を当てているが、あまり力は入っていない。

「ご明察だ。それを知ってるってことは効果も分かるだろ？　抵抗するだけ無駄だよ」

そう言いながら、俺は彼女に顔を近づける。この契約書は、冒険者にはそこそこ知られている魔法だ。パーティーの仲間の同意があれば、効力を発揮する。

「い、いやっ！　それはダメ、お願い……！」

「ふぅん、まあいい。後でゆっくりいただくことにするか」

キスを拒否されてしまったので、俺はさっそく愛撫を始める。

元々下着姿だったので、脱がすのも容易い。一分と経たずして、風呂場で見たような一糸纏わぬ姿になる。

「うっ、ん……」

クファナは俺の腕の中で全裸にされ、羞恥心で顔を赤くしていた。

だが、悲鳴を上げるのはプライド的に許せないのか、声を抑えて小さくなっている。

そんな彼女を解すように、俺はいろいろと弄り始めた。

「そう硬くなるな、岩みたいに閉じこもってても救世主はやってこないぞ」

「ほっといてよ！」

「それは無理だな。こんな美女を相手に抑えられるわけがない」

彼女を後ろから抱きかかえるようにしつつ、右手でその胸を揉む。

風呂場のときから注目していたそこは、やはり立派な大きさだ。

片手では、しっかり掴んでも柔肉が余るほど、と言えばその大きさは分かるだろう。感触は言わずもがな。その大きさゆえの手にのしかかる重さや、指が食い込む柔らかさが気持ちいい。

「あっ……んぅ……」

乳房を愛でるように揉むと、クファナの口からわずかに声が漏れる。

だが、それも彼女自身が気づくと、すぐに口をつぐんでしまった。

「あまりにもだんまりだと、こっちもよけいに鳴かせたくなるんだよな」

そう呟き、もう一方の手を秘部へ動かす。

「そ、そこはっ！」

大事な部分に触れられて流石のクファナも声を上げる。

だが、契約書と俺の命令で強く拒否することは出来ない。

「ほら、触れるぞ。たっぷり濡らしてやるからな！」

俺は笑みを浮かべて秘部を弄り始めた。

だが、いきなり中に入れるようなことはしない。

まずは胸への愛撫と合わせるように指の腹で撫で、徐々に快感を蓄積させていく。

「胸を責められて感じた熱が下にも移ったみたいだな。もう堪えられなくなったのか？」

「っ！　く、あぅ……！」

「強情だな。まあ、俺はそういうのも嫌いじゃないぞ」

「う、うるさい……」

腕のなかで健気に抵抗するクファナの動きを楽しみながら、もっと愛撫を強める。

次第に湿り気を帯びてきた秘部に、指先を入れるようにしながら解していった。

自分でも濡れているのが分かってきたのか、クファナもようやく焦りだす。

「これダメ、待って……っ！」

「ダメじゃないさ、遠慮せず気持ちよくなれ。どうせ誰も見てないし聞こえてない」

「そういう問題じゃ……あっ、んあぁぁっ!?　うっ、ぐぅぅ」

ここにきて、声も我慢できなくなってきたらしい。

すぐに自分の手で押さえたが、俺の指が陰核に触れたことで強く感じてしまったようだ。

「はぁはぁっ！　もう無理……！」

一度火のついた興奮はなかなか止められない。

クファナの燃え上がった興奮を愛撫でさらに滾《たぎ》らせてしまい、どうしようもなくなっていた。

「お願い、止めて。今ならまだ何も言わないから！」

「ハッ、なに言ってるんだ。さっきも言っただろう？　もう契約はされてるんだ」

往生際の悪いクファナにそう言ってやりながら愛撫を強める。

すると、再び快感に耐えるように体を縮こまらせた。

「こ、こんなことして許さないわよ！」

「俺だって完全に下心からやってるんだ、お前に許されなくても、止めるつもりはない」

「どうしようもないわね、契約が切れたときに思い知らせてあげる！」

俺を説得することを諦めたのか、それからのクファナはひたすら与えられる快感に耐えた。

声も押し殺し、それでも漏れ出てしまいそうなら自分の指を咥える。

だが、そうやって頑張ってもいずれ限界が来るのだ。

「……っは！　んっ、あうぅ！」

あれから三十分は経っただろうか。

クファナは俺の腕の中で、絶頂間際の快感にビクビクと震えている。

少しでも気を抜けばイってしまうだろう。

「もう限界だろうに、なかなか頑張るな」

そう言って膣を撫でるように愛撫すると、クファナの全身が強張る。

秘部からは大量の愛液が漏れ出てベッドに染みを作ってしまっていた。

「あうっ、はっ、はぁっ！　ダメッ、ダメなのにっ！」

「もうイキそうか？　だったら、今度こそ天国まで連れてってやる！」

クファナの我慢強さは称賛するが、いい加減にイかせて楽にしてやろうと思った。

人差し指を膣内へ浅く挿入し、親指で陰核を軽く擦る。

内と外からの刺激でクファナはとうとう限界を迎えた。

「くっ、あぁ……や、やだ、こんなぁっ！　くる、抑えられないの!!　あうっ、あぁぁぁぁぁっ!!」

今まで耐えていた分を吐き出すかのような大きい嬌声とともに、絶頂するクファナ。

全身をガクガクと震わせながらイキ続け、挿入した人差し指を痛いほど締めつけていた。

「あぁぁ……はぁっ、はぁっ……」

数分後、ようやく絶頂が治まったが、彼女の体は溜め込んだ熱を放出するように時折震えていた。

俺はそんなクファナを支えながら、次はいよいよ本番だと気合いを入れ直すのだった。

十一話　アレックスの勘違い

俺の腕の中で絶頂を迎えたクファナが、荒く息をして、激しく鼓動する心臓を落ち着けようとしている。

顔を見れば、全力を出し切って運動した後のように額に汗が浮かんでいた。

悲鳴こそ頑張って堪えていたが、あれだけ激しく呼吸していれば喉も乾きそうだな。

「ほら、クファナ。水要るか？」

俺は枕元にある水差しからコップに冷たい水を注ぎ、寄りかかっている彼女に差し出す。

「ん……もっと寄せて」

「はいはい、ゆっくり飲めよ？」

深い絶頂を味わって手足もろくに動かないらしい。

俺はコップを口元まで持っていってやり、そのままゆっくり飲ませる。

「んくっ、んくっ、んくっ……ぷはっ！　はぁ、冷たくて美味しい」

水を飲み終わったコップを額に当ててやると、気持ちよさそうに息を吐く。

まさか俺も、ここまで粘るとは思ってなかったからな。

おかげでベッドのシーツはかなり濡れてしまった。

まあ、どうせ洗濯はゴーレムに任せているからいいか。

「それにしても、随分と派手にやったもんだ。動けるか？」

「逆に聞くわよ、動けるように見える？」

そう言うものの、俺を見るクファナの目からはまだ生気が消えていない。

ラストダンジョンの攻略を意欲的に取り組もうとしてるだけあって、芯が強いな。

「確かに無理そうだ。とはいえ、このまま汚れた場所に寝かせるわけにもいかないから移動するぞ」

俺は膝立ちになり、彼女の背中と膝裏に手を回すと、お姫様だっこの形でベッドの中央まで連れていった。そこはまだベッド本来のふかふかさを保っているので、仰向けで寝かせる。

「うん、まあここでいいだろう」

「このまま帰ってくれれば一番なんだけど……そうもいかなそうね」

彼女の目線の先には、テントを張った俺のズボンがある。

「密着した状態でさんざん愛撫して、最後にはあれだけイクのを見てたんだ。治まるわけがないな」

「うん、その……口とかでするから勘弁してもらえない？　体があんまり動かないのよ」

羞恥心からか頬を赤くしてそう言うクファナ。

アレだけ激しくイったのに、今さらこの程度で赤くなる必要はないと思うが……。

そう思いつつ、俺は彼女の体に覆いかぶさるように四つん這いになる。

「そんなもんじゃ俺は満足しないぞ。娼婦も驚くぐらいのテクニックを持ってるなら別だが」

「そ、そんなの持ってないわよ！　はぁ……もう好きにして」

最後に諦めたように呟くと、クファナは脱力する。

それを受け入れの意志と受け取った俺は、さっそくズボンごと下着も脱ぐ。

俺のモノは美女が感じる姿をさんざん見せつけられて、触れる前から全開状態だ。

それを見たクファナは急に慌てだした。

「ま、待って！　それを入れるの!?」

「なんだ怖いのか？　心配するな、あれだけほぐしておいたんだから問題ないだろう」

俺は首を横に振る彼女の頬に手を当て、顔を寄せて言い聞かせる。

「それにいくら慌てても、もう遅いからな。言質は取った後だ」

好きにして、と言ったのは確かに聞いた。

ならその言葉通りに、好きにさせてもらうだけだ。

「この……」

クファナは恨みがましい目で俺を見るが、それ以上は何も言わなかった。

「そうだ、それで良い」

俺は彼女の頭を一撫でずると、体を起こして肉棒を秘部に押し当てる。

「ひっ……んっ！」

押し当てられた瞬間、クファナの悲鳴が聞こえたが、彼女はすぐに歯を噛みしめる。

その様子に何か引っかかるものを感じながら、俺は腰を進めていった。

「んぐっ、あっ。ああっ！」

ずぶ、ずぶ、とクファナの膣内に肉棒を押し込んでいく。

濡れ具合は思った通り十分だったが、中がかなり狭い。

こっちを拒絶するように締めつけてくるので、押し開くように進むしかなかった。

いったんクファナのほうを見ると、少し辛そうな表情で口をつぐんでいる。

まあ、これだけ膣肉に抵抗感があればそうなるか。

「あともうちょっとだ。最後は一気に入れるぞ！」

「えっ、待ちなさ……」

その言葉の途中で腰を動かし、一気に膣奥まで押し込んでいく。

キツい膣内に無理矢理挿入したせいか引っかかりを感じたが、そのまま最後まで肉棒を埋めきった。

「あっ、くぁ……っ！」

俺の全てを受け入れたクファナは歯を噛み締め、その感覚をこらえているように見える。

「クファナの中がピッタリ吸い付いてくるぞ、こりゃすごい」

俺は彼女が与えてくれる快楽を、しっかりと感じながら言う。

今まで何人もの相手を抱いてきたが、その中でも一、二を争うほどの気持ちよさだ。

本能の赴くまま、俺は腰を動かし始める。

「ぐっ、いいぞ……こんなのめったに味わえない！」

強烈な締めつけだが、溢れ出る愛液が潤滑剤になってなんとか動かすことができる。

俺を追い出すように奥への道を塞ぐヒダを強引に押し広げると、肉棒全体が擦り上げられるような快感が襲ってきた。

こんなものを味わってしまったら、他の女で満足できなくなりそうだ。

「はっ、はぁっ、んぐっ……」

クファナは俺が腰を打ちつけるたびに豊満な胸を揺らし、肉棒に空気を押し出されるように息を吐く。

相手の呼吸までも支配しているような気分になって、この上ない満足感を抱いた。

気づけば、突けば突くほどこちらを気持ち良くしてくれる彼女の体に夢中になっている。

思わず呆けてしまいそうになったが、そこでクファナの様子がおかしいことに気づく。

「まだ体が震えてるぞクファナ、どこか具合でも悪いのか？」

「う、うるさい！　さっさと済ませなさいよ！」

その怒りをぶつけるような態度にいよいよおかしいと思い、腰のあたりに目を向ける。

そこで俺は信じられないものを見て、目を見開いた。

「お前、これ……」

俺と彼女が繋がっている場所、そこに赤いものが見えたのだ。

これまで数度経験があるので分かったが、明らかに破瓜の証だった。

「処女だったのか！　な、なんで言わなかった!?」

「……聞かれなかったからよ。それに、どうせ聞いても止めなかったでしょう？　まあ、あんたのそんな顔が見れたから悪くはなかったかも」

処女穴を蹂躙されている苦しさに、表情を歪めながら俺を見上げるクファナ。

困惑している俺の顔を見て面白がっているようだ。

「どうやら俺の勘違いだったみたいだな……」

ドルイドたちは、クファナの周りにばかり男が集まって気に入らないというようなことを言っていたが、本人は男を侍《はべ》らせている自覚がなかったようだ。

強引にしてしまったことは申し訳ないが、ここまでやってしまったからには取り返しがつかない。

「んっ……ちょうど良く止まってるし、これで終わってくれたら嬉しいんだけど」

体内に異物が入っているからか、落ち着かない様子でクファナが言う。

「そうだな、悪いことをした。だからいっそ、もう少し悪事を続けてみることにするよ」

「……は？」

「こんなにエロい体をしてるのに、この件がトラウマになって二度と男に抱かれないなんてことになったら悲劇だからな。セックスの気持ち良さってものをしっかり教え込んでやる」

「わ、訳が分からないわよ！　なんでそうなるの!?」

俺は逃げようとバタつくクファナを押さえつけ、彼女を快楽の虜にするべく動き出すのだった。

十二話　女冒険者の陥落

俺は抵抗しだしたクファナを押さえつけ、再度肉棒を奥まで突き込む。

まだ少し痛むのか、彼女の動きが一瞬止まった。その隙を狙い、クファナを完全に組み敷いて逃がさないようにする。

「んっ、ちょっとアレックス!?」

「そう怒る気持ちは分かるが、せめてもの罪滅ぼしを受け取ってくれ」

「なにが罪滅ぼしよ、自分が満足したいだけじゃ……きゃうっ!?」

怒鳴っている途中で、彼女の口から急に可愛らしい悲鳴が上がった。

原因は、俺がクファナの胸を掴んでその先端を刺激したからだ。

先ほどの愛撫で十分性感帯として開発されている乳首で、素直に反応してくれている。

「まず全体から気持ち良くしていこうな。最後は子宮でも感じられるようにしてやる」

「そんなのお願いしてないっ！　あっ、んぐっ、あうぅ！」

威勢のいい声を上げるクファナだが、体の弱点はさっきのでだいたい把握している。

手を使い、舌を使い、それらの性感帯を次々と責めていった。

「ひうっ、そんなに揉まれたら胸の形が変わっちゃう！　ひゃあっ、今度は首筋ぃっ!?」

「その調子だ。どんどん気持ちいいのを覚えていくんだぞ？」

さっきは弄っていなかったが、多くの女に共通する弱点もある。

興奮で敏感になっているところで背中を優しくさすったり、太ももの内側を撫で上げた。

そのたびに彼女の体は快感に震え、口からは嬌声が出てくる。

だが、未だに堪えようとしているのか聞こえてくる声はどれも抑え気味だ。

「はぐっ、はぁはぁ……」

「もう息も絶え絶えじゃないか、本当に強情だなぁ……」

「強情じゃなかったらラストダンジョンまで来てないわよ」

「違いない。ただそろそろ本命に移るぞ、堪える気なら覚悟しろ」

クファナの意気込みは認めるが、それを言うなら俺だって強情だ。

彼女にセックスの快楽を教え込むため、腰を動かし始める。

「んあっ？　な、なにこれっ、さっきと違う！」

自分の中で肉棒が動く感覚に戸惑いの声を上げるクファナ。それを聞いて俺は笑みを浮かべた。

「クファナが堪えようと必死になってる間にこっそり回復魔法を使ったからな。ごく簡単なものだが、中の傷を塞ぐことくらいはできる」

こういうときに魔法はすごく便利だ。

特殊な道具も消毒も要らないから、複雑な状況でも相手を回復させやすい。

「もうさっきの痛みはないだろう？　全体を愛撫して快楽を受け入れやすい状態にしたから、違和感より、快感のほうを多く感じるはずだ」

「こ、この変態！　こんなことに魔法を使うなんて！」

「自分でしてるんだから、どう使おうと勝手だろう」

そう言って切って捨てると、俺は続けてクファナを責める。

肉棒が奥と浅い場所を行き来し、彼女へ着実に快感を与えていく。

もちろん、膣内の反射的な締めつけによってこっちも刺激を受けていた。

だが、クファナ本人に耐えている意思があるので、責めに集中できる分、わかりやすい。

「ほら、どうだ。だんだん中も気持ちよくなってきただろう？」

「んぅ……し、知らないわよっ！　この変態！　今すぐ自分の部屋に帰って！」

「寂しく自分で慰めろって言うのか？　それに、クファナだってもう快感を無視できないだろう。せっかく男女で揃ってるんだから気持ちいいセックスを覚えちまえよ！」

そう言って腰の動きを速くする。

肉棒を一気に引き抜くと、すぐに同じ勢いで突き込む。

腰が打ちつけられるたびにパンパンと乾いた音が鳴り、それを聞いたクファナは羞恥で顔を赤くした。もうクファナの膣内はそれだけの動きに対応出来ているのだ。

繰り返し押し広げられた中はちょうど良い具合にほぐれている。

あとは彼女が受け入れるかどうかといった段階だ。

「くっ、んぅぅっ！　あっ、あんっ、ひゃっ！」

俺が腰を打ちつけるたびに、堪えきれない甘い声が漏れ出る。

だんだんとその声も大きくなってきているが、彼女は自分から喘ごうとはしなかった。

「本当に強情だな、まさかここまで耐えるとは。確かに気持ちいいはずなんだがな」

「だって、こんなに受け入れたらどうなるか……あたしはダンジョンを攻略するために来たのにっ！」

食いしばるようにしながら言う。それを聞いて、俺は一つの解決策を思いついた。

「じゃあ、明日は俺の攻略についてくるか？」

「……えっ」

「何しろお前の仲間……今は元仲間か。あいつらから依頼を受けたからな」

俺の言葉にクファナが初めて迷った表情を見せる。

「本当に攻略できるの？」

「普通の攻略法とはかなり違うだろうが、ラスダンの最深部まで行けるぞ。いい経験になると約束しよう」

押してダメなら餌をチラつかせてみる。そして、その効果は俺が思ったよりも高かったようだ。

「……分かった、連れてって」

「ようやく素直になったたな、そのほうが可愛気があるぞ」

彼女の緊張の糸が緩んだ隙を突き、再び腰を動かす。

「ひゃっ!?　また激しくなって……ダメッ、これ無理！　我慢できないっ！」

不意打ちで堪える準備が出来ていなかったのか、一気に頭まで快感が昇っているようだ。

今までは冒険者としての矜持やら何やらがストッパーになってたんだろうが、さっきの会話で緩んだみたいだ。

抑えが足りなくなって、堤防が決壊するみたいに快楽が流れ込んでいくのだろう。

「いやっ、気持ちいいのが昇ってくる！　こんなっ、犯されてるのにぃ！」

「これが正しい感じ方だ。ほら、奥までこじ開けるぞ！」

俺は今まで頑として解れなかった子宮口も突き崩していく。

緊張が解けたことで肉棒による刺激も受け入れやすくなっていて、性感帯としても開発できるようになった。

「今日、このままクファナを俺のものにしてやるからな！」

「待って、ダメダメッ！　こんなのおかしくなる！　あうっ、きゃふぅ！」

激しい突きでガクガクと体を揺らしながら表情を蕩けさせていくクファナ。

最初の強情な様子も薄くなり、俺の与える快感で染まっていくのが分かった。

「さあ、俺を受け入れろ！」

俺の腕に彼女の足を引っかけ、股を大きく開かせながら肉棒を突き込む。

ぴったりと腰が密着するまで挿入し、一番奥の子宮口まで責め抜いた。

そして、執念の責めにようやくクファナが白旗を上げる。

「わ、分かった、分かったからぁ……もうこれ以上は本当に壊れちゃうっ！」

「ああ、最後は優しくしてやる」

しおらしくなったクファナの声に満足し、俺は最後にさんざん開発した膣内を愛でるように突いて刺激する。

「あぐっ！　もうイク、イっちゃうよぉ！」

「俺もイクからな！　しっかり受け止めろ！」

彼女の体を抱えるように抱き、最後に腰を思い切り押し付ける。

先端が最奥を刺激して、それがトリガーになったようにクファナの全身が震え始める。

「イクッ、あたしイっちゃう！　すごいのくるっ、あっ、ひゃううううっ!!」

その瞬間、クファナは絶頂に至るとガクガクと全身を震わせた。

襲い掛かる快感に耐えようとしたのか、無意識に俺の腰へ足を巻きつけている。

蕩けきった膣内も締めつけ、俺もそれに導かれるように欲望を吐き出した。

「くっ、ぬぅ……」

「ひゃっ、あん！　ドクドクってあたしの中で脈打ってる……お腹の中いっぱいにされてる……」

絶頂の快感が支配するなか、うわごとのように呟くクファナ。

俺も彼女の中を自分が染めていくのを感じながら、最後まで吐き出す。

それからふたりで余韻が収まるまで繋がったまま過ごし、クファナの意識がはっきり戻ったころにようやく離れる。

「うぅ、なんだかまだ中に入れられてるみたいな変な感覚が……あんまり見ないでよ」

上体を起こしたクファナだが、腰から下は力が入らないらしく股はだらしなく開いたままだ。

ぱっくりと開いた秘部からは、奥に収まり切らなかった子種が漏れ出ている。

「大丈夫だ、そのうち戻る。俺に開発された場所はもう戻らないだろうけどな」

「一言余計なのよ、もう！」

顔を赤くして怒り、枕を投げつけてくるクファナ。

それを受け止めながら、俺はなんとかうまくやっていけそうだと考えるのだった。

十三話　ラストダンジョンを裏口攻略

翌日、俺はクファナを連れてラスダンの正面に立っていた。

ドルイドたちとの契約を完遂するため、今から宝玉を取りにいくのだ。

いろいろドタバタした騒ぎはあったが、信用のためにもしっかり宝玉を取ってこないといけない。

「さて、クファナ。準備は良いか？」

「なんだ？」

隣にいる彼女に問いかけると、向こうはなぜかジトっとした目で俺を見ていた。

「なんだじゃないわよ。あたしたち、本当にこの装備で行くの？」

そう言われ、俺は自分の格好を確認する。地味な色合いのシャツとズボン。それに腰から下に巻くタイプのエプロン。いつも宿屋で仕事しているときの姿だ。もちろん武器なんかは持っていない。

対してクファナは、俺の用意した給仕用の服を身に着けていた。

申し訳程度に剣を提げているが、ミニスカメイド的な服は防御力皆無だ。

「宿屋の店主と従業員だ、これで問題ないだろう」

「それは宿屋の中だけであって、ラストダンジョンに入るときは例外でしょうが！」

俺は突如繰り出されたクファナを蹴りを片手で受け止める。

「んなっ!?」

完全な奇襲のつもりだったのか、防がれて驚いているようだ。

「最初だから安心しろと言っても無理だろうが、俺の後ろについていれば問題ない……うむ、白か」

「どこ見てるのよ!?　放しなさ……きゃっ！」

いきなり手を放されバランスを崩しそうになっているクファナをよそに、俺はラスダンの正面門から壁に沿って移動する。

「ちょっと、アレックス。どこに行くつもりなの？」

「こういうデカい建物には出入り口がいくつかあるんだよ。正面玄関だけだと不便だからな」

「はい？　ちょっと何を言ってるのか分からないわ」

「黙ってついて来い。あと、俺のことはご主人様と言え」

「こいつ、契約があるからって調子に乗ってぇぇぇ！」

クファナが攻撃を加えてくるが、俺は気にせず進んで目的の場所までたどり着く。

まあ、クファナのほうも剣を抜いていないところを見ると本気じゃないだろう。

「ここがラスダンの勝手口だ」

「……何の変哲もない壁じゃない」

不審そうな目で見てくる彼女の前で俺は壁をノックした。

「おーい俺だ、アレックスだ。またガチでやりあうのは面倒だろ？　開けてくれ」

そう言うと、壁の一部に亀裂が生まれて広がり、数秒後には内部へと続く通路になっていた。

「……うそ、信じられない」

「ほら、なに呆けてるんだ。塞がる前に早く入るぞ」

俺はクファナの腕を引っ張ってラスダンの中に入っていった。

暗い通路を進むと、奥で明かりが見える。松明を持って直立した何者かだ。

「よぉガーゴイル、今日も見回りご苦労だな」

「また宝玉を取りに来たのカ？　あまり目立つと魔王様に叱られル。静かに頼むゾ」

石が擦れるような音とともに喋るのは、翼の生えた悪魔の石像だった。

「なに、えっ、ガーゴイルが喋ってる!?」

「ム、今日は連れがいるのカ？　なら、なおのこと静かにナ」

「分かってる、いつも感謝してるよ」

俺がそう言うと、ガーゴイルは重々しい足音を立てながら去っていった。

「ちょっとアレックス！　あれどういうことなのよ！　危険種のはずのガーゴイルがどうして!?」

「落ち着けクファナ、さっきガーゴイルにも言われただろう。ここにいるのはあいつみたいに知性のあるモンスターばかりじゃないんだ」

「当たり前よ！　話せるガーゴイルなんてのも初めて見たわ！」

その様子にこのままでは進めないと思い、クファナに事情を説明する。ターゲットの宝玉は魔王の余剰魔力が結晶化したもので、魔王からすれば切った後の髪や爪みたいな存在で興味はないこと。

魔王直々に召喚されたモンスターの中には、人間並みの知性を持つ個体が多数いること。

俺がモンスターたちと本気で戦うと互いに消耗するので、一部には協力してさっさと帰ってもらおうと考えている奴もいるということ。

最後に、魔王の実力は本当に底が知れないので怒らせないこと。

それを聞いたクファナは今までの常識との隔絶に驚愕していた。

「そんな……王国では宝玉を奪えば魔王の力が弱まって、いずれ倒せるようになるって……」

「一種のプロパガンダだな。最上級の冒険者パーティーが束になっても魔王には勝てないだろう」

「嘘よ、じゃああたし達はなんのために……」

ショックを受けているらしいクファナの肩を掴む。

「そりゃ宝玉を手に入れるためだろ。アレがあれば億万長者だし、人々の暮らしも豊かになるんだ」

「確かに、そういう面もあるけど」

「あんまり深く考えるな。運よく、いや運悪く魔王と会うことになったらクファナにも分かる」

慰めるように背中を叩くと、俺たちは先へ進んだ。しばらく割り切れない様子のクファナだったが、知性のないモンスターに襲われるとそれを切っ掛けに意識を切り替えたようだ。

剣を振るってモンスターを斬る動きは、さすが上級冒険者だけあって洗練されている。

見たところ、何か切っ掛けがあれば最上級と呼ばれる領域にも手がかかるんじゃないだろうか。

「クファナ、そっちにオークが二体行ったぞ！」

「もう、担当箇所はちゃんと処理しなさいよ！」

俺がアイアンゴーレムを相手しているときに脇をすり抜けたオークが二体、クファナに接近する。

鎧と戦斧で武装したオークは通常の敵よりはるかに手ごわいが、彼女はなんとかさばき切った。

「ふっ、はぁぁ！」

縦横に振り回される戦斧の嵐を掻い潜り、懐に入り込んで分厚い装甲を切り裂く。

傷ついたオークは怒りに任せて再度攻撃するが、動きを見切った彼女は余裕をもって避ける。

「残念だったわね、あんた達じゃシチューの具材にもなれないわ。もっとマシな豚に生まれ変わって出直しなさい！」

そう言いながらオークの首を切り落とす。

それとほぼ同時に、コアのある胸部を俺の魔法に撃ち抜かれたアイアンゴーレムも崩れ落ちた。

「そっちも終わったみたいね」

「この程度にあまり時間はかけていられないからな。さぁ、あの角を曲がった先に隠し扉がある」

「はぁ……本当に何でも知ってるのね」

そう言ってため息を吐くクファナ。どうやら、俺流の攻略にも慣れてきたようだ。

ちなみに隠し扉を使うと、いくつかの階層を飛ばして上に行くことができる。

「ねぇ、ご主人様。いま何階くらいなの？」

「ここは第十五階層だな、中盤に差し掛かるくらいだ」

「えっ、せいぜい五階くらいかと思ってたんだけど……」

「ラスダンの内部は魔法で空間が歪められてるからな。外から見た大きさよりずっと広くて高いぞ」

このラスダンは全五十階層で作られており、四十六階から五十階は魔王の居住区だ。

宝玉だけを狙う場合、四十五階層がゴールになる。

「ほら、休んでる暇はないぞ！」

「このままで大丈夫なのかしら……」

微妙な表情をしながらも、ついてくるクファナ。

彼女を引きつれ、俺はさらに上層階へと進んでいくのだった。

十四話　門番との戦闘

それからも俺とクファナは通常コースとショートカットを交互に使いながら進んだ。

流石に四十階を越えるとモンスターの攻撃も苛烈で、クファナでは少し荷が重い。

俺が前面に立ちつつ、裏道を多用して先を急いだ。

そして、ようやくゴール地点へ到着。目の前には大きな扉が行く手を塞いでいた。

「それでご主人様、この奥に宝玉があるの？」

「ああ、そうだ。ただしこの部屋の中にいる門番を倒さなきゃいけない」

「部屋の中なのに門番っておかしくない？」

「まあ、一種の比喩だよ。ここはちょっと気合いを入れないと俺でも怪我しかねない。クファナもボーっとするなよ」

いつになく真面目に言うと、彼女もそれを察したのか黙って頷く。俺は拳を握ったり開いたりしながら調子を確かめ、部屋の中に入る。侵入者を感知したのか、部屋の蝋燭《ろうそく》が一気に灯った。

「……アレが門番？」

クファナが見つけた先には毛むくじゃらの塊があった。しかし、ただの毛玉ではなく、大きさが馬車数台分くらいある。そして、照明が灯ったことでその毛むくじゃらも動き始めた。

体を起こし、獣らしく四肢で踏ん張るように立つ。そして、俺を睨む鋭い眼光が三対。

「この三つ首の獣は……ケルベロス！　魔界の番犬を召喚したっていうの!?　無理よ、勝てるわけない!!」

「ブレスには気を付けろよ、骨も残さず燃やされるからな」

そう言い残し、俺は進む。いつも気が強いクファナも、流石にこの状況では出てこれないようだ。

「よし、やるぞ、かかってこいワン公！」

俺に挑発されたと気づいたのか、ケルベロスが猛スピードで突っ込んでくる。こいつの為にかなり広く作られている部屋だが、向こうが本気を出せば横断するのに数秒もかからない。

「「「グルルルァ！」」」

三つの首が同時に吠え、その喉奥に炎の光が見えた。

「チッ、いきなりか！　ウォーターケージ！」

呪文を唱えると、どこからともなく水が湧いてくる。それは俺とクファナを覆う檻の形になり、次の瞬間ケルベロスがブレスを放った。三つの炎の奔流がウォーターケージを焼き尽くそうとする。

「し、死ぬっ!?」

「死なない！　ちゃんと後ろから動くなよ、クファナ！」

地獄の炎に触れた水は一気に蒸発していくが、俺がすぐさま魔力を流すことで形を保った。

「あー熱い、汗が出てきそうだ」

いくら水で防いでいるといっても熱は伝わってしまう。

不快な熱気に眉をひそめ、追加の魔法を発動する。

「お前らもいい加減息切れだろう、今度はこっちの番だ。アイスランス！」

ケルベロスの攻撃が止まった瞬間、俺たちを囲っていた水の檻が、氷の突撃槍へ姿を変える。

「貫け！」

号令とともに槍が突撃し、ケルベロスに迫った。

だが、向こうも魔王に門番として喚ばれたモンスターだ。獣の姿とはいえその知能は高く、危険だと判断した槍を飛び退いて躱す。目標を失った氷の槍はそのまま直進し、壁に深々と突き刺さる。

「いい勘してるな、ワン公。だがまだ終わりじゃないぞ！」

俺はケルベロスに右手を向け、その手のひらから次々氷の矢を放つ。

最初の槍より威力は小さいが、急所へ当たれば致命傷になる攻撃力だ。

それを連射しながらケルベロスを追い立てる。

「そらそら、どうした！　逃げてばっかりか？　番犬より愛玩犬のほうが似合ってるぞ！」

「グルゥ！　ガアアアッ‼」

俺の挑発を受けてか、連続攻撃の合間を縫ってケルベロスが反転する。

その巨体を俊敏に動かしながら俺に迫り、鋭い爪で切り裂こうとしてきた。

「そのお手は、ちょっと過激すぎるな、お断りだ！」

咄嗟に後ろへ飛び退き、ケルベロスの一撃を回避する。

一瞬前まで俺のいた場所は陥没し、直撃を食らっていたら死んでいただろうことが分かった。

「ふう、危ないな。だがだいぶ温まってきたぞ」

「ウゥウゥ、ガウガウッ！」

ケルベロスは獲物を逃がして怒り心頭のようだ。その隙を突くべく俺は前進する。

「もう一度こっちから行くぞ、今度は捉える！」

牽制に氷の槍を放ち、ケルベロスの動きを制限する。火のブレスで槍を薙ぎ払うケルベロスだったが、防御目的に使う炎は自分の視界も奪うことになった。

「まず一本目！」

奴の懐にもぐり込んだ俺は頭の真下から槍を放ち、三つある中で右の首を貫いた。

喉から脳天まで貫かれた右の首は一瞬で機能を失ったが、まだ二つ残っている。

復讐にケルベロスが鋭い爪で斬撃を加えてきた。この距離ではもう受けるしかない。

「シールドバッシュ！」

咄嗟に防御魔法を使い、身を守る。

「グッ、ギャウッ!?」

盾はひび割れたが、代わりにケルベロスの爪も折れたようだ。奴が怯んでいる隙に連続して魔法を放つ。氷の槍に加えて雷撃やかまいたち、様々な攻撃魔法を雨あられと振らせていく。

いくら知能が高いといっても、首が三つあって炎が吐けるだけの獣だ。

首が一つ死んだことで思考力も落ち、それぞれに対処する能力も無くなり次第に被弾していく。

俺はそれでも油断せず攻撃を続け、ケルベロスを完全に蜂の巣にした。

その場で力尽き倒れたケルベロスを尻目に、俺は後ろで尻もちをついているクファナを助け起こす。彼女はあまりの衝撃に開いた口が塞がらないようだった。

「おい、大丈夫か？」

「う、うん……それにしても凄かった、あのケルベロスを一方的に倒すなんて」

「父親の魔法の才能を受け継いだらしくてな。まあ、名前も顔も知らないが」

昔は気になったこともあるが、今は興味もない。

「宿屋の店主には過ぎた力だけどな。それより、先に進むぞ」

まだ戦闘の余韻で落ち着かない様子の彼女を連れ、部屋の奥へ進んだ。

すると、そこには人間サイズの門がある。あのケルベロスは正しく門番だったというわけだ。

「この奥に宝玉が転がってるはずだ。取ったらすぐに帰るぞ」

「わ、分かってる。長居はしたくないわ」

クファナが頷くのを確認すると、目の前の門を静かに開けて中に入る。

薄暗くて周りがはっきりと見えないが、奥に進むと机の上に二十センチほどの箱が乗っていた。

「……おかしいな、今日は宝玉が無いのか？」

「ご主人様、その箱が宝玉じゃないの？」

「まさか、魔王が宝玉ごときをこんな丁寧にとっておくはずが……」

あり得ないと思いつつ、俺はその箱を開けてみた。

すると、そこには紛れもない宝玉が宝石のように扱われ、収まっていたのだ。

「ほら、やっぱり入ってたじゃない。あたしの言う通りでしょ？」

そう言って喜ぶクファナだが、俺の動きは固まっていた。何で今日に限ってこんなに丁寧に……

決まっている、俺が来たとバレていたのだ。その直後、部屋の内部に声が響いた。

「はぁ、わたくしの番犬をああも簡単に殺してしまうとは。召喚の手順、かなり面倒なのですよ？」

その言葉とともに現れたのは、褐色肌に銀色の長髪が特徴の妖艶な女だった。

十五話　魔王ジェマ

女が現れた途端、部屋の中の魔力濃度が一気に跳ね上がった。

その直後、クファナの様子がおかしくなる。

「ッ!?　ぁ……体に力が入らない……？」

「……最悪だ。大人しくしてろよ、クファナ」

濃密すぎる魔力が体へのプレッシャーとなり、手足がいうことを聞かなくなってしまったようだ。

俺はクファナの背中をさすって落ち着かせると、近くの物陰に隠れるよう座らせる。

そして、立ち上がると女に向き合った。

「ちょっと暗いな、明るくするぞ」

魔法を使って明かりを灯すと、彼女の姿がはっきり見える。

先ほども言った通りの褐色肌で、明かりに反射して輝く銀髪がストレートに伸びている。

服、といっていいんだろうか。ほとんど水着のような衣装は、彼女の褐色の肌を惜しげもなく晒していて、俺の頭並みに大きそうな胸や肉好きの良い下半身が見る者を容赦なく魅了してくる。

大事な部分こそ隠されているものの、これじゃ娼婦のほうがまだマシな服装だ。

そして、そんな過激な衣装に負けず劣らず特徴的なのは、側頭部から上に向かって曲がるように生えている一対の角。人間とは違う尖った耳も合わせ、紛れもなく魔族の証だった。

そして、本人は自分の格好を気にしていないようで堂々したまま話しかけてくる。

「また会いましたわね、アレックス。これで何度目でしょうか？」

「さ、さあ……よく覚えてないな」

苦し紛れにそう言うが、もちろん誤魔化せるはずがない。

俺の言葉にうんざりした表情になった彼女は大きくため息を吐き、髪をかき上げる。

「はぁ……わたくしの城で狼藉を働くなど極刑ものですが、あなたと争うのは面倒ですし……」

「そうだ、ジェマ。争いは良くない。ついては大人しく帰してくれると嬉しいんだが」

魔族の女、ジェマにそう言ったが彼女は俺の足元に視線を向けた。

その視線の先には、近くの椅子にもたれ掛かっているクファナがいた。

どうやら見つかってしまったらしい。流石に隠し通すのは無理だったか……。

「アレックス、その女はいったい何ですの!? まさか、女を自慢するためにわざわざここへ侵入したわけではありませんわよね？」

そう言いながら、嫌そうに表情を歪めるジェマ。さっきの妖艶な雰囲気はどこへやら、まるで部屋の中で気持ち悪い虫に出会ってしまった女性みたいだ。

「ああ、クファナはうちの従業員だ。俺は宿屋の店主なんだから、部下がいたっていいだろう？」

「それはそうかもしれませんが、どうしてここに連れてくる必要があるのですか!?」

「いや、普段俺がどういう仕事をしているか見せる為にだな……本人の希望もあったけれど」

そう言いながら俺は。目の前のジェマ……この城の主である魔王は酷く人見知りであったことを思い出す。

一国の軍隊を歯牙にもかけない強さを誇るジェマだが、生まれてこの方、ずっとラスダンの中に閉じこもっていたからか、外部の存在と関わることが苦手になってしまったらしい。

世間では先代魔王から引き継いだ城を守っていると言われているが、本当のところは誰にも会いたくないから引きこもっているだけ。

身内でも数人の部下以外とは会わず、人見知りという素顔を知っている者は片手の指で数えられるほどだ。

そもそもの出会いは、この部屋に宝玉を捨てに来たジェマと、拾いに来た俺がかち合ったことによる。驚いたジェマが先に手を出してきて戦いに発展し、そのまま一昼夜戦闘を続けた。

今はお互いを明確な敵にしたくない、ただのお隣さんとして認識している……と思う。

「うぅ、先ほどのうろたえている姿を人間に見られてしまいましたわ。このままでは、魔王の威厳が……やはり、消すしかないでしょうか……」

「待て待て、待て！　いくら何でもやり過ぎだ！」

魔法を使おうとしているジェマの前に立ち、慌てて止める。

ジェマの魔力なら、たとえ最下級の呪文でも人を消し炭にするのに十分な火力が出てしまう。

本気で撃たれたら俺でも止めるのは一苦労だ。

クファナとの間に立ちふさがった俺を見て、彼女は少し冷静になったようだ。

だが、不快に思っている気持ちは変わらないらしい。

「そもそも、ここはわたくしの城ですわ。無許可で侵入してきた者をどうしようとわたくしの自由ではなくて？」

「俺たちは宝玉を拾いに来ただけだ。お前にとっては散髪後のゴミみたいなものだろう？　気にすることないじゃないか」

そう言ってなだめるが、ジェマの機嫌は直らない。

「だからこそです！　切った後の髪を嬉々として持っていく輩を好ましいと思えますの!?」

「いや、まあそう言われるとな……」

確かに、ジェマの立場になってみると不快だと思う気持ちも分からなくはない。

自分の髪の毛の切れ端で狂喜乱舞されたらなぁ……。

「気持ちは分かった。だがこいつは見逃してくれ、店主として従業員を守る義務がある」

いくら形式上とはいえ、初めてできた部下だ。

たとえ相手が魔王でも、あっさり殺されてしまってはたまらない。このまま向こうが諦めないのなら、クファナを抱えて逃げるつもりだ。無論、立ちふさがる奴は全力で排除する。

「……アレックスがそこまで言うのなら、ひとまずは見逃しますわ。わたくしはこの城の中でゆっくりできればそれが一番かと。あなたと戦うのと比べたら、多少の恥は安いものですから」

俺の本気を感じ取ったのかジェマも矛を収める。

自分の感情より俺と敵対することの面倒さを優先してくれたようだ。

「ありがとう、感謝する。ほら、クファナもそろそろ喋れるだろ、一言も礼を言え」

そう言って促すと、それまで黙っていた彼女がビクッと震えた。

「ひぇっ!?　あ、あの……ありがとうございます」

濃密な魔力にはある程度慣れたようだが、その大元であるジェマにはまだ緊張するようだ。

「ふう、もう構いませんわ。女ですし、辛うじてセーフということで見逃します」

仕方ない、という感じで呟くジェマ。その言葉を聞いてクファナも一息ついたようだ。

だが、身の安全が確保されると今度は今の状況を問いただしてくる。

「ねえご主人様、これはどうなってるの？　魔王相手に知り合いみたいに！」

「みたいにも何も、知り合いだからな。普通とちょっと違うが、お隣さんみたいなものだ」

「ちょっとどころじゃないわよ！　なに？　最初からグルだったの!?」

詰め寄ってくるクファナをなんとか押しとどめる。

「違う！　最初は魔族と人間ってことで敵対したんだが、お互いに決定打を見つけられず、攻めきれなくてな。本気でやりあうと周りがヤバいから、お互い自重してるんだ。ジェマも人間の国に侵攻する気はないから問題ない」

「だからって、魔族……それを魔王を……」

まだ納得いかない様子の彼女に、ジェマのほうを指差して言う。

「じゃあ、今から奴に襲い掛かるか？」

「そ、それは……」

「無理だろ、俺も嫌だ。だからお互い平和に暮らすのが一番なのさ」

そう言うと、彼女も渋々納得したようで頷いた。

目の前で怪物扱いされたジェマは気にしていないようだ。彼女にとっては実際に外部の人間と会ってしまったことのほうが重要で、外聞は気にしていないんだろう。

それに、敵対したくないと思うほど恐れられることは人見知りの彼女にとって望ましいしな。

「アレックス、話し合いは終わりましたの？」

「ああ、何とかな。騒がしくして悪かった」

「本当ですわ、いい加減そっちも宿屋に引きこもっていたらどうですの？」

その問いに俺は首を振る。

「それは無理だな。店主としてダンジョン内のことは把握しておきたいし、何よりここで稼がないと宿屋が潰れる」

「わたくしと互角に戦える存在なのに、世知辛いですわねぇ」

「良くも悪くも金で回るのが人間社会だからな」

ジェマは俺の言葉に少し考えた後、机の前まで進んでいって箱を俺に投げ渡す。

もちろん、中には宝玉が入っていた。

「ジェマ、良いのか？」

「別に構いませんわ、先ほども言ったようにわたくしにとっては価値がありませんし。それに、元々は箱だってアレックスの為に用意したんですわよ。驚かせようと思って。でも、まさか仲間を連れているとは思いませんでしたわ！　また常連の侵入者が増えると思うと頭が痛いです」

「確かに驚いた。心臓が飛び跳ねそうだったよ」

苦笑いしながらそう言うと、ジェマもクスクスと笑う。

その後、ジェマとは二言三言交わして別れた。そしてプレッシャーから解放されてぐったりした様子のクファナを支えながら、俺は宝玉を手に宿屋へと帰るのだった。

第二章　騎士団の凶行

一話　宿屋の忙しい朝

クファナとともにラスダンへ潜り、帰ってきてから二ヶ月ほどが経った。

彼女もウェイトレスとしての仕事が身についてきたみたいで、常連の客ともほぼ顔合わせを済ませた。何せ攻略の準備だけでも時間がかかるラストダンジョンの近くだ。

いくら常連といっても、一月に一回来るか来ないかだし、その数も少ない。

しかし、今現在はその常識が通用しない異常事態が起こっていた。

「クファナ、三番と五番テーブルの料理が出来たぞ！」

「了解！　七番テーブルのデザートは!?」

「あと二分半だ。先に一番テーブルへ水を持って行ってくれ」

宿屋一階の食堂スペースは、開店以来最高の賑わいを見せていた。

十個ほどある丸型のテーブルは半分ほど埋まり、カウンター席にも客が座っている。

総勢三十人近い客が、一斉に朝食を取っているのだ。

「こりゃヤバいな、ゴーレムの稼働率もギリギリだ」

厨房では調理法をインプットしたゴーレムたちが全力稼働しているが、それでもなんとか注文に間に合っている状態だ。

時には俺も手伝わねばならず、クファナがいなければ配膳もままならなかっただろう。

普段は五人も泊っていれば多いほうなのに、それの六倍だ。接客能力は限界に達していた。

「いったい何でこんなことになってるのよぉ！」

もうヘトヘトな様子のクファナが、カウンターにもたれ掛かってくる。

料理を持って、行ったり来たりするのは意外と体力を使うからな。

「ほら、もうちょっとだから頑張れ。これ、七番テーブルのデザートな」

「はぁい……」

疲れている様子のクファナを励まし、配膳を続けさせる。

一時間後、ようやく全員の朝食が終わったテーブルを片付けることが出来た。

あとは食器の洗い方をインプットしたゴーレムに任せてひと段落だ。

「はぁぁ、ようやく終わったのね！」

「ご苦労様、ちょっと休んでろ」

カウンター席に座ってうつ伏せになるクファナに冷たい果実水を出してやる。

「はむ、ちゅぅぅ……」

気力の尽きた顔でストローを咥える彼女を横目に、俺は次の準備に取り掛かった。

今は全員が自室に戻っているが、もうすぐ準備を終えたパーティーが下りてくるだろう。

今日は五パーティーがラスダンに潜るようだから、消耗品を補充する客もいるはずだ。

そうこうしている内に十数人が階段を下りてきて、売店の前に並ぶ。

「店主、回復薬を一ダースいただきたい」

「うちはクリアウォーターのスクロール一つに、携帯食料を五人分！」

「アレックス、いつものセットを四人分に松明を二つ頼む！」

みんな一番乗りにダンジョンへ入りたいのか、先を争うように注文してくる。

「はいはい、ちょっとお待ちを！」

俺は急いで注文された品々を用意し、パーティーのリーダーたちへ渡していく。

彼らはそれを受け取り代金を渡すと、急いでダンジョンへ向かっていった。あとから来たパーティーにも同様に売店で対応し、今日攻略予定の全パーティーを送り出す。宿に残っているのは休養中だったり、作戦を練っているパーティーだけだ。昼まではゆっくりできるだろう。

売店からカウンターに戻ると、ちょうどクファナがコップの中身を飲み干したところだった。

「お疲れ様、アレックス」

「ああ、これでひと段落だ。あと、ご主人様と呼べって言っただろ」

「気が向いたらね。あぁ、疲れたぁ……」

腕を天井に向けて伸ばし、グッと背を反らすクファナ。

お陰で胸元が強調され、自然と谷間へ視線が行ってしまう。

自分で服を用意しておいてなんだが、これだけ性的な見た目のウェイトレスもそういないだろう。

俺は時計を見ると、昼食までまだ結構時間があることを確認する。

「クファナ、かなり動いて疲れただろ。風呂場で汗を流してきたらどうだ」

「えっ、でも今の時間はお湯を抜いてあるんじゃないの？」

「魔法を使えばいい。一分で、ちょうどいい温度のお湯を用意してやる」

そう言ったが、クファナは不審そうな目で俺を見た。

「……まさか、女湯に乱入するつもりじゃないでしょうね？」

「こんな朝っぱらから？　いやいや、俺だって汗を流したいだけだ」

そうは言うが、実際は乱入する気満々だ。突然団体が押し寄せ始めて数日、ろくに休む暇もなかったからな。ちょっと前まで、暇なときはいつもクファナに手を出していたので正直溜まっている。

「うーん、まあ良いわ。時間も勿体ないし行きましょう」

どうやら疑惑を追及するより自分がさっぱりするほうを選んだようだ。クファナらしいな。

俺たちはそのまま浴室に向かい、俺は魔法を使って男湯と女湯両方に湯を張った。

外に『清掃中』の看板を立てると、クファナより先に男湯の脱衣所へ入る。

「じゃあな、あんまり長湯するなよ。迎えに行くからな？」

「来なくていいわよ！　来たら椅子を投げつけるから！」

「そりゃ怖い、だが俺も店主として部下の安全をだな……」

そう言うと、クファナは手に持った石鹸を投げつけてくる。

「良いから早く入りなさいよ！」

「はいはい、じゃあお先に」

石鹸を上手くキャッツした俺は脱衣所で服を脱ぎ、浴室に入る。

そのままシャワーを使い、宣言通り汗を流していく。

「ふぅ、サッパリする。いつでもお湯が出てくるのも宝玉のお陰だな」

一つの建物のエネルギー源としては過剰な宝玉だが、お陰で熱や光には困らない。各所で動いているゴーレムも宝玉から魔力が補給されるので手間いらずだ。オール電化ならぬオール宝玉化だな。

「……こんなもので良いか」

しっかり汗を流すと、タオルを使って軽く体を拭く。その後は湯船ではなく、男湯の奥にある扉に入った。そこは清掃用のゴーレムが待機している場所なのだが、実は仕掛けがある。

「さてと、じゃあお邪魔するとしますか」

壁の一角に手を置いて魔力を流すと、魔法陣が浮かび上がって壁の一部が扉になった。

そして、その向こうにはこっちと同じゴーレムの待機部屋がある。もちろん部屋の外は女湯だ。

「クファナはどうなっているかな？」

扉の隙間から女湯のほうをうかがう。

すると、洗い場のほうで泡だらけになって、体を洗っているクファナの姿があった。

こちらに気づく様子もなく、自分の体を洗うことに集中している姿はグッとくるものがある。

汗が溜まっていたのか、自分の乳房を持ち上げるようにして下乳の部分を洗っていた。

普通に抱くだけじゃ、なかなか見られない自然体の姿だ。

「うん、改めて見てもいい体だ。ものにできて良かった」

もう何度か抱いているが、クファナの体には飽きがこない。少し反抗的な態度も抱くときには良いスパイスになる。最初に俺が深い絶頂を味わわせて以来、より快楽に堕ちやすくなってるしな。

普段強気な彼女が嬌声を上げながらしがみ付いてくる姿はたまらない。だらしない姿を見せたくないと言いつつも、いつも欲求に逆らえなくなって俺にイかせてくれと願う表情は最高で……。

「おっと、いつまでも妄想に浸ってる場合じゃない。目の前に本物がいるんだからな」

俺はそう呟いて気を取り直すと、女湯への扉を開くのだった。

二話　風呂場で奉仕

女湯への扉を開けると、その音で気づいたらしいクファナが振り返る。

そして、俺の姿を見つけると目を丸くした。

「ちょっとアレックス、どこから出てきてるのよ!?」

「ははは、この宿にはいろいろ仕掛けがあるからな。どこへだって隠れて移動できるぞ」

そう言うと、クファナは呆れたようにため息を吐く。

「はあ、どうせこんなことだろうと思ったわ」

目の前にかけてあるシャワーを取り、体についた泡を流していく。

すると、生まれたままの姿のクファナがこっちを向いた。

申し訳程度に胸元を腕で隠しているが、彼女の細腕じゃ巨乳は覆い切れない。

逆に、大事なところだけ隠されて、その周りの部分が丸見えなのは興奮を誘われる。

「うわっ、もう大きくなってる……っていうか、何で隠してないのよ！」

「普通ならまだしも、貸し切りなのに隠す必要があるか？」

「むぅ、エロ方面になると途端に自重しなくなるんだから……」

特に反省する気もない俺に、クファナは諦めたのかため息を吐いた。

俺はそれを気にせず、浴槽の縁に座るとクファナを呼び寄せる。

「ほら、こっちに来い。いつまでも外にいると風邪ひくぞ」

「はいはい、分かったわよ」

俺の誘導に従ってお湯に浸かるクファナだが、このまま何もしない訳がない。

彼女を自分の前まで連れてくると、あらかじめ決めておいたことをお願いする。

「実は、前々からクファナにやってほしいことがあってな」

「……なんだか嫌な予感がするんだけど」

「ふふ、その立派な胸を使って俺のものに奉仕してほしいんだ」

そう言ってクファナの巨乳に視線を向ける。

手で揉んだり吸ったりしたことはあるが、実はパイズリは未経験だったからだ。

「む、胸で？　んぅぅ……はあ、文句を言っても諦めないんでしょう。どうやるの？」

初めてのお願いに困惑したようだが、もう俺の性格も分かってきたのか最後は諦めて頷いた。

本気で嫌がっている様子でもないので、彼女の中ではセーフなお願いだったようだ。

「なに、簡単だ。そのデカい胸を使って挟んでくれればいい。その後は胸を動かして刺激するんだ」

「うん、それなら……とりあえずやってみるわよ」

俺の説明を受けたクファナが、腕を外して隠していた胸をさらけ出す。

解放されたことで柔肉がプルンと震え、乳房全体が揺れて俺の目を楽しませる。

「うっ、また大きくしてる……見てるだけで興奮できるなら自分で処理すれば良いのに」

ブツブツと文句を言いながらも手で乳房を持ち、肉棒を左右から挟み込んでいく。

「うわっ、熱い……っ！」

谷間に肉棒が触れた途端にクファナが声を上げる。

思った以上に熱を感じているようだった。

「どうした。動きが止まってるぞ、クファナ？」

「ちょっとびっくりしただけよ、いつもはアレックスから責めてくるから……」

彼女の言う通り、いつもは俺のほうから責めている。

契約があるのでいつでも好きなときに相手してもらえるが、無反応なクファナを犯してもつまらない。肉体と心の準備も兼ねて、俺のほうから先に手を出している。

丁寧に愛撫してやれば体の受け入れ準備も整うし、クファナも興奮してその気になりやすい。

「最近はクファナもセックスに慣れてきただろ。だから、今度はそっちから積極的にしてほしいなぁと思ってな」

「バカ、あたしがそんなに、はしたない女に見える？」

「気分が乗ってるときはこの上なくエロいんだけどなぁ」

そう言うと、興奮しているときの自分を思い出してしまったのか顔を赤らめるクファナ。

「ああ、もう生意気よ！　こうしてやるんだから！」

言葉のやり取りでは俺に勝てないと思ったのか、実力行使に出てきた。

胸を支える手に力を入れ、柔肉で肉棒をマッサージするように責めてきたのだ。

ほどよい弾力と柔らかさが調和したその感触は、ただ動かすだけでも十分に刺激を与えてくる。

「くっ、やる気になったか」

「こっちのほうに集中させておけば、その生意気な口も開けないでしょ？」

主導権を得たクファナは笑みを浮かべ、さらに胸を動かす。

彼女の大きな胸が自身の手によって揉まれ、形を変える。

それだけでも見ていていやらしいが、今回はその中心に俺の肉棒が収まっている。

まさに柔肉にもみくちゃにされている感覚だった。

「凄いな、今までに感じたことがない柔らかさだ！」

「ふぅん、そんなに気持ちいいんだ……」

いつもは俺の手管で蕩けてしまっているクファナだが、今日は正気のままだ。

自分が奉仕しているという事実を、これでもかと突きつけられている中でのパイズリはどんな気持ちなのだろうか。

「実は内心じゃ結構楽しんでるんじゃないのか？　今まで責められるばかりだったからな」

「……まぁ、仕返しできるのは悪くない気分かも」

そう言いながら手に力を入れ、谷間の肉棒を締めつけるクファナ。

その表情はやはり楽しんでいるようだった。

「そんなこと言って興奮してるんだろ、息が荒くなってきてるぞ」

わずかだが、彼女の息が乱れているのを感じた俺は指摘してやる。

すると、自分でも気づいていなかったのかクファナは驚いたような表情になった。

「あ、あたし、奉仕してるだけで？」

「もう両手の指じゃ足りないくらい交わったからな、俺のを感じてるだけでも興奮できるようになったんじゃないか？」

「そんな変態みたいな……ひゃうっ!?」

会話の隙を突いて乳首を刺激すると、クファナは浴室に響くほど大きな嬌声を上げた。

「んっ！　今の声、あたしが……」

「ああ、だんだん俺好みに変わってきたらしいな。ほら、手が動いてないぞ。もっと楽しませてくれ！」

「んうっ……だいたい分かってきたわ。こうやって動かせば良いんでしょう？」

俺の求めに応じ、クファナが大きく胸を動かす。

両胸を抱えながら谷間にある肉棒をしごき、刺激していく。

「これ、さっきよりビクビクしてきた。気持ち良いんだ？　もっと良くなってもいいわよ？」

少し慣れて余裕を取り戻したのか、そう言ってくるクファナ。

彼女はもっと大きな刺激を与えようと考えたのか、肉棒を収める谷間に口を近づけた。

「ん……ちゅる、れろっ、じゅるるっ！」

「舌まで……くっ、ふぅ！」

大きな胸に覆われているので全体をフェラすることは出来ないか、先端だけにキスするように刺激を与えてくる。

「どう、こうやって二重にしてあげると気持ちいいんじゃない？」

「ああ、最高だ！　こんなの普通じゃ味わえないな」

こっちを上目遣いに見て笑みを浮かべるクファナに、もう手を出す必要はないなと思った。

浴槽の縁に手を置き、ただ彼女の与えてくれる快楽を味わう。

「あたしだって、ただ犯されてただけじゃないんだから。いつもやられてばかりの分、お返しするわよ！」

まさに一気呵成、という感じでクファナの責めが強まる。

唾液と先走りで滑りの良くなった胸を動かし、肉棒を柔肉の海に沈めながらもみくちゃにした。かと思えば胸を俺の腰に押し付けて肉棒の先端を露出させ、胸の滑らかな刺激とは違いザラザラと刺激の強い舌で舐める。

これまでの行為から俺が喜ぶように考えたのだろう。

「あうっ、これ凄い、どんどん震えて……いいよ、イって！　あたしの胸、真っ白に汚して！」

「……っぐぁ!!」

最後にクファナが胸を締めつけた瞬間、それにつられるように射精してしまう。

ドクドクと子種を垂れ流しながら、胸の中で肉棒が暴れていった。

「うわ、うわぁ……こんなにいっぱい動くのね」

勢いよく飛び出した白濁液は、クファナの言葉通り彼女の胸元を白く犯していく。

こうして、クファナの初めての奉仕は終わりを迎えたのだった。

三話　浴室に響く嬌声

「んっ、まだビクビクしてる……胸の中がドロドロよ」

俺の欲望を受け止めたクファナはゆっくり胸から手を離した。

締めつけられていた谷間から肉棒がこぼれ落ち、それに伴って谷間を汚した精液も垂れてくる。

「わっ、わわっ！　ここじゃダメだって！」

湯船を汚すといけないと思ったのか、すぐに上がるクファナ。

ギリギリでタイルの上に座り込むと、直後に粘ついた精液が下に垂れた。

「うわ、こんなにたくさん出したのね……」

自分からはよく見えなかったのか、下にこぼれ落ちた白い塊を見て驚いた様子だった。

「クファナがめちゃくちゃエロかったからなぁ……俺も興奮した」

「そ、そんなの面と向かって言わなくて良いわよ！」

そう言って怒ったが、内心ではまんざらでもない様子だ。

俺はクファナの口元が僅かに緩んでいるのを見逃さなかった。

「いや、こんなに一生懸命奉仕してくれるとは思わなかった。ありがとうな」

「……どういたしまして」

若干目を逸しながらそう言う彼女は、これまでにないほど可愛かった。

思わず胸元を流している途中のクファナの手を取り、自分のほうに引き寄せる。

「あっ、きゃっ！　危ないわよ!!」

「そんな顔見せられたらこっちだって我慢できなくなる」

そう言うと、俺の足の上に座る形になった彼女が下を見る。

「うそ、さっきあれだけ出したのに!?」

その視線の先では、数分前に射精したばかりの肉棒が完全に復活していた。

「クファナが奉仕してくれたおかげで余計に火が点いたらしい」

「何よそれ、あたしが墓穴を掘ったってこと？」

「どっちかと言うと、火に油を注いだ感じだな」

俺の話を聞いた彼女は何ともいえない表情になり、ため息を吐く。

「自分で片付けてって言っても無理なんでしょ、どうせ」

「ああ、目の前にこんな美女がいるのに、それは拷問だ」

「……良いわよ。あたしもその、悪くない気分だし」

少し恥ずかしそうに言うクファナを見て、自然と笑みがこぼれる。

彼女は俺に絆《ほだ》されつつあるのかもしれないが、それは俺も同じようだ。

俺は手を動かしてクファナの腰を掴むと、自分の腰に引き寄せる。

腰同士がピッタリ密着し、反り返った肉棒が彼女の腹に当たった。

「もう濡れてるだろ、入れるぞ」

「えっ……ちょっと待って！　ひうっ、あぁんっ!?」

クファナの腰を持ち上げると、俺は一息に彼女の中へ肉棒を突き入れる。

すると予想通り膣内は濡れていて、俺を優しく包み込んだ。

「んあっ、いきなり奥まで……！」

「さっき息を乱れさせてただろ、絶対興奮してると思ったんだ」

「濡れてなかったらどうするつもりだったのよ、もう！」

自分の興奮を見抜かれていたことに顔を赤くするクファナ。

だが、これからはもっと興奮させてやる！

「しっかり掴まってろよ、激しく動かすからな」

「もう、ちょっとくらいは話を聞きなさいよ。ん、んくっ！」

俺は抱え込むようにしたクファナの腰を持ち、上下に動かし始める。

肉付きの良い尻肉はこうして掴んでいるだけで興奮を助長してくれた。

膣内も俺を歓迎するように大きなヒダが肉棒のあちこちに絡みついてくる。

最初はキツかったそこも俺に慣れてきたのか、程よい締めつけだ。

二ヶ月前と比べて明らかに変わっていて、間違いなく俺のものに適応した形だった。

「クファナが相手ならいくらでも出来そうだ」

「はぁはぁ、ほどほどにしてよね。全部なんて受け止めたら、あたしの体が壊れちゃいそう！」

「丁寧に扱うよ、こうやってな！」

俺は腰から片手を外すと、正面からクファナの巨乳を鷲掴みにする。

力はほどほどに加減しつつも柔らかさを堪能し、おまけとばかりに乳首を刺激した。

「あうっ、それズルいわよ……っあん！」

「ほら、クファナも一緒に腰を動かしてくれ。ふたりで気持ち良くなろう！」

「ん、なんであたしが動かなきゃいけないのよ、もう……」

そう言いつつも、彼女は俺の首に腕を回すと腰を動かし始める。

それほど大きくない動きだが、俺がそれに合わせるように動くことで十分な刺激が生まれた。

「はっ、はぁっ！　こんな風に腰を動かすなんて初めてよ！」

「初めてにしては上出来だ、クファナに動いてもらうと気持ちいいなぁ」

「なに嬉しそうに笑ってるのよ！　すごく恥ずかしいんだからね、分かってる!?」

快感に抗うように怒った顔になるクファナ。

だが、それが強がりだというのは一目瞭然だった。

「分かってる分かってる、俺もお返しに気持ち良くしてやらないとな！」

「ちょっと、そう言う意味じゃないわよ！　なにって言ってる……んっ、ひゃふっ!?」

タイミングを合わせて腰を突き上げ、クファナの膣内を強めに刺激する。

「やめっ、あっ、はひっ！　ダメだって！　あんっ、くひぃ！」

これまでの行為で体が敏感になっていたのか、クファナはそれだけで軽くイったらしい。

俺にしがみ付くようにしながら体を震わせている。

「気持ち良いか？　もっと鳴かせてやる！」

俺は改めて彼女の腰を掴み、上下に動かすのと同時に腰を突き上げる。

激しい責めに応えるようにクファナも膣内を締めつけてきた。

ヒダが肉棒にピッタリと押し付けられ、その刺激を存分に受けられる。

これまでにないほどの快感を感じながらも、俺は彼女を責め続けた。

「もう無理っ、本当におかしくなっちゃう！　くふっ、あぅ、またイクッ！」

肉棒に膣奥を突き解され、再び絶頂を迎えるクファナ。

彼女も与えられる快感を堪えるように俺に抱きついていた。

両腕は肩から背中に通ってしっかり組まれ、足は腰に巻き付いている。

さらに表情を見られないようにか、俺の首筋に顔を埋めていた。

だが、そのおかげで彼女の声がダイレクトに伝わってきてしまう。

「はぁっ、はぁっ、無理、こんなに気持ち良すぎるの耐え切れないのっ！」

「ふふ、気持ち良すぎて頭のネジが外れてもしっかり世話してやるよ。自制が効かなくなったら今よりもっとエロくなるだろうから、毎日枯れるまでセックスだな」

「毎日こんなことされたら、本当にバカになっちゃう！」

俺との爛れた生活を想像してしまったのか、クファナの膣内がきゅんきゅん締めつけてくる。

さっきから断続的にこうやって締めつけられて、俺も限界が近かった。

「クファナ、そろそろイクぞ。受け止めてくれ！」

「き、来て！　ちゃんと受け止めるからっ！　ご主人様の、全部吐き出してっ！」

「くっ!?　うおっ！」

最後の一言で存分に煽られた俺は、燃え上がった劣情を思い切りクファナの中に叩きつける。

限界まで腰を引き寄せて彼女の一番奥を捉え、そこに呆れるほど多くの子種をぶつけた。

「うぅっ!?　ご主人様のが一番奥の大事なとこまで入って来てる！　イクッ、イクウウウウッ!!」

撃ち出された精液に反応するようにクファナも絶頂した。

収縮する膣は肉棒から最後まで子種を搾り取ってくる。

「はぁ、はぁ……」

すぐ傍でクファナが息を荒くしているのが聞こえる。

俺はいつの間にか浴室のタイルの上に横になり、クファナがその上に覆いかぶさっていた。

「ねえ、アレックス」

耳元でクファナが囁く。

「さっき言ったこと、絶対忘れなさいよ？」

「ああ、分かった」

頷くと、クファナは意外そうに表情を変える。

「……えらく素直ね、なんだか怪しいわ」

「そうか？　忘れてたほうが、また言ってもらったときに嬉しいだろう？」

「こ、今回はたまたま気分が良かっただけよ！　忘れないでね！」

そう言うクファナに苦笑し、俺はもう少しそのまま体を休めるのだった。

四話　町へ買い出しに

風呂場での一件から数日後、泊まっている冒険者たちが全員外に出ていたので、俺はクファナを連れ出して町に出た。

普通の人より早い冒険者の足でも歩いて数日かかってしまうんだが、そこは俺の魔法による身体能力強化を使って二時間ほどで到着した。ほんと、魔法使いで良かったと思う。

急に多くのパーティーが来て繁盛してるのは嬉しいんだが、その分物資が消費されてしまったからだ。

食材や生活必需品は予備まで総動員して在庫もないし、売店の商品も品薄気味。

宿屋を取り仕切る身として、十分なサービスが行き届かない事態は避けなければならない。

「いやぁ、まさかあんなに客が来るとは思ってなかったからな、急いで仕入れないと」

「繁忙期ってわけでもないんでしょう？　なんであんなにお客さんが？」

隣を歩いているクファナが問いかけてくる。

「さあ、俺にも分からない。何か事情がありそうだが、まずは買い物だ」

そう言って街の馴染みの店を回り始める。

ほとんどやってこない俺が突然街に来たのを見て、知り合いの店主たちも驚いていた。

ラストダンジョンは辺境にあるから、買い物は定期契約して毎週送ってもらっている。

過酷な道を運搬するわけにもいかないので、俺専用の転送魔法の魔法陣を使用してだ。

「じゃあ、今回買ったやつはこの魔法陣で送ってください。定期契約の魔法陣と間違えないでくださいよ！」

「まだそんなに耄碌《もうろく》してないぞ、アレックス！　にしても、後ろの子は誰だ。えらくべっぴんじゃないか」

「ああ、新しい従業員のクファナです。顔を覚えておいてくれると助かります」

そう言って彼女を紹介すると、店主もにこやかになった。男ってのは美人に弱いな。

「ははは、アレックスにはもったいねえな。良かったらうちで働かないかい？」

「いやいや、引き抜きとか勘弁してくださいよ！」

そんな風に会話をしながら、順調に買い物を続けていく。

「そう言えば、クファナは何か必要なものとかあるか？」

「えっ、あたし？　特にないかな、冒険者として稼いだお金もほとんど装備と仕送りで消えちゃったし」

「……分かってはいたが、ストイックだな。それと、仕送り？」

今まで聞いたことのない単語に思わず反応する。

「あたし、元々は出稼ぎで冒険者になったの。実家が農家でお金がなくてね。仕事が軌道に乗ってからは仕送り額も増やせて、少し前にはもう十分だって手紙も来てたのよ。だから、今度はお金稼ぎも関係なくラストダンジョンを攻略したいと思ってたんだけど……」

「なるほどな、そこでうちに泊まって俺に手籠めにされたと」

「そういう言い方をされるとちょっとモヤっとするけど、結果的には良かったのかもしれないわ。今のあたしじゃ、あの門番を倒すのは厳しいし、そこまでたどり着けるかすら分からない」

そう話すクファナはいつもより少し真剣な表情だった。

ケルベロスやジェマと出会ったことで、彼女の中の価値観が少し変わったのかもしれない。

「そうだな、命あってのものだねだ。何事も生きていなけりゃ始まらない」

冒険者はしばし浪漫のほうを優先することがあるが、俺には理解しがたい。

ゆっくり宿屋の店主をやっているほうが性に合っている。

「ふむ、そろそろ買い物も終わりだし、昼飯にするか」

「そうね、あたし外で食事なんて久しぶりよ！」

少し嬉しそうなクファナを連れ、俺は街の繁華街のほうへ向かう。

そこには所狭しと食事処が並んでいて、目移りしてしまいそうだった。

「ひとりのときは外の屋台で済ませるから良く分からないんだが、何かおすすめの店とかあるか？」

ラスダンに挑戦する前は、きっとこの街を拠点にしていただろうクファナに聞く。

すると、彼女は少し悩んで一つの店を指さした。

「じゃあ、あそこにしましょう。あたしの故郷の郷土料理とかを出してるところ。初めての人でも美味しく感じるはずよ」

「ほう、興味あるな。行ってみるか」

俺は頷き、彼女を連れて店に入る。

中は落ち着いた雰囲気で格式張ったところもなく、リラックスできそうだ。

席に着くと、メニューを開いたクファナがいろいろ注文していく。

その様子にはよどみがなく、どうやらあらかじめ食べるものを決めていたようだ。

「なかなか遠慮がないな、そんなに食べきれるのか？」

「幾つかは大皿の料理だから、ふたりで分けるのよ。どうせ奢りでしょ」

「まあ、元からそのつもりではあったが、最初からこんなに遠慮がない奴は初めてだよ」

元から強気な性格のクファナだが、最近は俺に対する遠慮がなくなってきている。

とても契約で縛られている立場だとは思えないな。

「……何か失礼なこと考えてない？」

「まさか。今日もクファナは綺麗だなと。うちの風呂に入るようになってから、肌の艶も良くなってるし」

そう言いつつ彼女の谷間をガン見する。元々冒険者にしては肌艶が良かったが、今はしっかり手入れさせているからか貴族のお嬢様みたいだ。

シルクのように滑らかに見える肌に、思わず手が伸びてしまう。

「ちょっと、店の中よ、ふざけてるの？」

俺の手を叩き、睨んでくるクファナ。まあ流石にここではマズいかと考え直し、手を引っ込める。

「はあ、本当に節操なしなんだから……」

そう言ってため息を吐くクファナだが、頼んだ料理がやってくると機嫌を直した。

故郷の料理だけあって懐かしいらしく、どんどん手がすすんでいる。

「うん、美味しい！　やっぱりこのお店にして正解だったわ！」

ときおり笑顔を見せながら料理を味わうクファナを見て、俺も気分が良くなる。

「やっぱり外でも食事はひとりより誰かと食べるほうが良いな……おぉ、これは美味い！」

「そうでしょ？　こっちも美味しいわよ」

俺が魚の煮物の味に感激していると、クファナは自分の野菜炒めも勧めてくる。

互いに注文した料理の味を比べつつ、ふたりで賑やかな食卓を楽しむのだった。

「……ふぅ、食べた食べた。もう腹いっぱいだ」

椅子の背もたれに寄りかかりながら一息つく。

机の上に並べられた皿の中身はほとんど片付き、残り僅かなものも、すぐにクファナが食べてしまうだろう。

もう胃袋の限界が近い俺と違い、同じ量を食べているはずのクファナは涼しい表情をしている。

「アレックス、このくらいでだらしないわよ！」

「そうは言っても、もう定食二人前くらいは食べてるぞ？」

「あたしはもうちょっといけるけど……まあ良いわ。デザートにしましょう」

その言葉を聞いて、俺は呆れて再び息を吐いた。

だがクファナは関係ないとばかりに注文し、なぜか俺の分までデザートが運ばれてきた。

しかも、いかにもカロリー高そうなパンケーキ的なものだ。

「いや、俺は頼んでないんだが……」

「これだけ注文してくれたから、店側からのサービスらしいわよ。ほら、もったいないから食べましょう！」

仕方なくフォークでケーキをつつくが、なかなか進まない。

そうこうしているうちに、クファナのほうが先に食べ終わってしまった。

「もう、何やってるのよ遅いわね！」

まだ食べ終わらないのか、と睨んでくるクファナ。

そんな彼女を見て、俺は一つ思いついた。

「……そうだ、クファナが食べさせてくれるなら完食できると思うんだけどなぁ」

「なっ……いきなり何言うのよ!?」

「良いじゃないか別に、今さら恥ずかしくないだろ」

そう言って俺のフォークを渡してやると、仕方ないとばかりにため息を吐いた。

「ふぅ、ちゃんと食べきりなさいよ？　あ、あーん」

切り分けたケーキにフォークを刺し、俺の口元まで持ってくるクファナ。

ちょっと恥ずかしいのか頬を赤らめていて、可愛い。

自然と表情が緩んでしまう。

「なに笑ってるのよ……ほら、食べて」

「はいはい。あむ……いやぁ、さっきより五割増しで美味いな」

「調子の良いこと言って、まったくもう……」

そのまま俺は最後までデザートを楽しみ、街への買い出しは予想以上に楽しい思い出となったのだった。

五話　エイダからの依頼

街へ買い出しに行った次の日、いつものようにカウンターで客を待っていた俺。

そこに複雑な表情をしたエイダがやってきた。

「アレックスくん！　あぁ、よかった！」

「どうしたエイダ、何か急いでるみたいだが……」

いつもと様子が違う彼女を不審に思い、立ち上がってカウンターから出る。

エイダは少し疲れた様子で息を吐くと、近くのテーブルにつく。

それを見たクファナが奥の厨房から果実水を運んできた。

「どうぞ、エイダさん」

「ありがとうクファナ、ここのウェイトレスにも慣れたみたいだね」

「はい、おかげさまで、今日はどうしたんですか？」

その問いにエイダは難しい表情をする。

「うーん、実はちょっと言いにくいことで……」

そう言って俺を見ると、それからクファナに視線を移す。

どうやら俺と一対一で話をしたいようだ。

「クファナ、悪いが席を外してくれ。洗濯物がそろそろ乾いてると思うから、様子を見てきてくれると助かる」

彼女も何か事情があると理解したらしく、素直に頷いて外に出て行った。

それを確認すると、俺はエイダに視線を戻して話しかける。

「さて、これで話してもらえるな？」

「そうね。単刀直入に言うと、アレックスにラストダンジョン内部の様子を見てきてほしいの」

その言葉に俺は眉をひそめる。

「ラスダンの中を？　そんなの自分で行けばいいだけじゃないか」

そう言って腕を組む。

目の前にいるエイダだって、うちの常連じゃ五指に入る実力者だ。

ひとりでラスダンの中に入り、宝玉を入手するだけの力を持っている。

見たところ怪我をしている訳ではないようだし、俺に依頼する意味がわからない。

「確かにそうなんだけど、今は出来るだけ早く調べなくちゃいけないんだよ」

「……そうなると、誰かの依頼か？」

「うん、そうなるね」

彼女が頷いたことで、俺はいっそう疑惑の念を深める。

エイダの実力は広く知られているので、直接宝玉の確保を依頼されることもあるという。

だが、今回は様子を見てくるだけ、という異様な内容だ。

依頼主が何を考えているのか全く理解できない。

「エイダ、雇い主は信用できる相手なのか？」

そう問いかけると、彼女は迷わず頷いた。

「信用できるよ、それは約束するわ。何かあったら私が責任を取る」

「ほう、エイダがそこまで言うとはな……分かった、様子を見てこよう」

彼女がここまで言ったのだ、信用して良いと思う。

「ありがとうアレックス！　報酬は用意してあるわ」

そう言って懐から小袋を取り出したエイダ。

「なんだ、金貨にしては小さいぞ……っ!?」

しかし、その中身を目にして俺は驚いた。中身は金貨のさらに上に位置する黒金貨だったからだ。

「こりゃ、王侯貴族の中でも上位の人間しか持っていないやつじゃないか」

ということは、依頼主は王国の大貴族か、あるいは王族ということになる。

ここまでビッグな依頼主だとは俺も思わなかったな。

「これでちょっとは、事の大きさを分かってもらえたみたいね」

「ああ、ミスしたら物理的に首が飛びそうだな……やっかいな依頼を持ってきやがって」

恨めしい感情をこめてエイダを見るが、彼女はどこ吹く風。

むしろ依頼という重圧から解放されて肩の荷が下りたようにも見える。

「さあアレックスくん、いざラスダンの中へ！」

「おい、今からか？」

「君なら素手でも行けるでしょ。ほら、レッツゴー！」

「調子のいい奴め……クファナには少し出かけてくると言っておいてくれ」

そう言うと、俺は小袋をカウンターの机にしまってラストダンジョンへ向かうのだった。

◆　◆

「道を空けろ！　吹き飛べ！」

俺は目の前に集まってくるスケルトンの集団を突風を発生させて蹴散らすと、その奥にいるリッチを見つめる。

今回の門番であるリッチを倒せば、そこで通常の攻略はクリアだ。

宝玉を守る最後の門番は来るたびに変わっているので、同じ戦法が通用しない。

だが、多彩な魔法を扱える俺ならではの戦い方で相手を追い込んでいく。

「これでトドメだ、ソーラーレイ！」

障害物がなくなって射線が通ったことで、俺は必殺の一撃を撃ち込んだ。

陽の光に弱いアンデッドのリッチは、うめき声を上げながら灰になる。

奴の操っていたスケルトンも同じように消え、俺は邪魔されることなく奥の部屋へ進んだ。

「……さて、ここまで来たはいいがどうするか」

俺は奥の部屋に入ると明かりをつけ、近くに転がっている椅子を直して座る。

部屋の中には宝玉が転がっているが、これもいつも通りだ。

前回箱に入っていたのが異常で、本来は捨て置かれるものだからな。

そのまま特に何をすることもなく座っていると、突然部屋の魔力濃度が濃くなった。

「ようやくお出ましか」

「ようやく、とはなんですの。人の城に勝手に侵入しておいて」

椅子から立って振り返ると、案の定そこにはジェマがいた。

相変わらず扇情的な衣装を纏っていて目に毒だ。

「だったら入り口にベルでも取り付けておいたらどうだ？　『魔王ジェマに御用の方はこちらを鳴らしてお待ちください』って感じで」

そう言うと、ジェマは露骨に嫌そうな顔をした。

「冗談じゃありませんわ、どうしてわたくしがいちいち出迎えねばいけないのですか！」

「まあ、そうなるか」

俺は肩をすくめると本題を切り出す。

「実は今日なんだが、宝玉を貰いに来たんじゃないんだ」

「えっ、違いますの？　では一体なぜ？」

予想外の言葉だったらしく、不審そうに俺を見ている。

ジェマくらいの美女になると、睨む姿も絵になるな。

「アレックス、なに見てますの？　わたくしの質問に答えてくださいませ」

「そうだったな。俺は魔王城の中で異変が起こってないか調べてほしいって言われてきたんだ」

「異変、ですか？　いえ、特に何も……あぁ、少し前に大勢侵入者がやってきたくらいですわね」

少しだけ忌々しそうにしながらそう答えるジェマ。

俺はずいぶん儲けさせてもらったが、彼女にとってはコソ泥が団体でやってきたようなものだからな。

「ふむ、そう言えばあいつらの様子も少しおかしかったな」

普通は宝玉をターゲットにする冒険者たちだが、あのときの冒険者たちはそこまで宝玉に固執していなかった。

酒場で酔っぱらった奴らは、あちこち歩きまわって宝箱を探していたと言っていた。

まあ、ダンジョンには宝玉以外にもお宝はあるので理解できなくはない。

ただ、一応これも報告しておくべきだと考えた。

「それと、あとはジェマの顔も見に来たんだ」

「わ、わたくしの？」

「一応お隣さんとして面識はあるが、そんなにしっかり話したことはなかったからな」

強いてよく話したといえば、最初に出会ったときに戦ったときくらいか。

これからも付き合う以上、もう少しお互いのことを知っておいたほうが良いと思ったからだ。

「あ、あの、わたくしは……」

「もしかして忙しかったか？　ならまた日を改めるぞ」

「いえ、大丈夫ですわ！　奥に応接室がありますから、そちらで話しましょう」

どうもジェマは緊張しているらしいが、とりあえず家に入る許しは出たようだ。

俺は彼女の後について、城の上階に上がっていくのだった。

六話　ジェマとの語らい

俺はジェマに連れられ、初めてラスダンの居住区に足を踏み入れた。中は昔、母さんに連れられて入った王国の宮殿のようだった。ここに家臣たちと一緒に住んでいるらしい。

「応接室はこちらですわ。どうぞ中へ」

彼女も歩いているうちに、少し冷静さを取り戻したようだ。

いつもの笑みを浮かべて俺を案内する。部屋の中に入ると、そこはいたって普通の応接室だった。

真ん中に大理石のテーブルが置かれ、ソファーがそれを挟んでいる。

いくつかの芸術品なんかも飾られているが、ジェマを前にすれば霞んでしまう。

「さあどうぞ、座ってくださいませ」

「じゃあ、遠慮なく……うお、柔らかいな」

沈み込むようなソファーに驚きの声を上げると、それを見たジェマがクスクスと笑う。

「わたくしも失礼しますわね」

ジェマもそう言って目の前に座り、向かい合うような形になる。

「そういえば、こういうときにはお茶が必要でしたわ」

思い出したかのように言うと、ジェマは軽く手を叩く。すると、十秒もしないうちに部屋のドアがノックされ、メイド服姿の魔族の女性が給仕にやってきた。

ワゴンからティーセットと、カゴに入れた焼きたてのクッキーをテーブルの上に乗せる。

彼女は人見知りのジェマが人間の俺といることも気にせず、淡々とお茶を入れると帰っていった。

「さあどうぞ、召し上がって？」

「ああ、いただくよ。他人に入れてもらったお茶を飲むなんて、なかなかないからな」

コップを持って温かいお茶を口に入れると、思わずため息が出る。

「美味い。自分で淹れたのはもちろん、今まで飲んだお茶の中でも抜群に美味いな」

「ふふ、当然ですわ。人間より余程熟達したプロフェッショナルばかりですもの」

ジェマも家臣を褒められて嬉しいようで、機嫌を良くしたようだ。

ふたりきりの空間に戻ったからか、緊張も完全に解れているらしい。

「人見知りのジェマが躊躇せず呼び寄せたってことは、さっきの彼女は数少ない信頼できる相手か」

「ええ、わたくしの乳母で教育係、今は侍女をしていますわ」

「なるほどね。見た目にはそれほど歳がいっているようには見えなかったが、魔王の家臣だしな」

そう言いながら、さっきの彼女のスカートの下からハート形の尻尾が見えたのを思い出す
たしかあれはサキュバスの特徴だ。きちんと服を着こなしていても、むせかえるような色気は消せていなかった。ジェマがなんでこんなに過激な服を着ているのか分かった気がする。

人見知りで引きこもりなくせに妖艶な雰囲気を纏っているのも、あのサキュバスが子供のころから教育していたからだろう。ジェマについて感じていたギャップの謎がようやく解けた。

「ちょくちょく話はしていたけど、ああして人を使っているのを見ると本当に魔王だったんだなって実感するよ」

「あら、酷いですわ。最初は何だと思ってましたの？」

「自分を魔王だと思い込んでる頭の可哀そうなサキュバスとか……止めろ止めろ、こっちに指を向けるな！」

少し怒った表情で俺に魔法を放とうとするジェマを止める。こいつの魔法は軽い一撃でも油断ならない威力があるからな。何とかジェマをなだめ、真面目な話に移る。

「今まではなあなあにしてたけど、うちの宿屋とジェマの城は、これからも不干渉で良いってことだよな」

「ええ、アレックスとは本気で敵対したくありませんもの。こんな風に思った相手はお父様以外で初めてですわ」

そう言いながら静かにお茶を飲むジェマ。

見た目は妖艶で絶世の美女だが、魔王としての力は本当に恐ろしいほどだ。それこそ、俺の本気と互角に渡り合い、なお底が知れないほどの無尽蔵な魔力を持っている。人間と魔族というスペックの違いもあるので、あまり長期戦になるとこっちが魔力切れで負けるかもしれない。

「ああ、俺もジェマと敵対しないで済むのは嬉しいよ、今後とも仲良くやっていきたいな」

「そ、そうですわね。これからも……」

何か引っかかる言葉があったのか、少し声が尻すぼみになるジェマ。

どうしたのかと思っていると、彼女は少しずつ話し始めた。

「わたくしが極度の人見知りなのは知っていますでしょう？　ずっと城の中で暮らしていたので、見知った顔以外の者に出会うと極度に緊張してしまうのですわ。ときには相手に無意識のまま攻撃をしかけてしまって……」

そう言いながら落ち込む仕草を見せるジェマ。

「何とか直そうと思っていたのですが、どうにもならず……そんなときに現れたのがアレックスでしたわ」

「なるほど、唯一自分の攻撃を防ぎきった相手ということで興味を持ったということか。まあ、俺も問答無用で攻撃されなくなったのはありがたいと思ってる」

「それにしても、どうしてアレックスはあれほどの魔法を使えるのですか？」

「ああ、それはだな、実は……」

ジェマにつられるように俺も身の上を話し始める。

「そう、お母様に鍛えていただいたのですね。それで、亡くなってからは宿屋を継いだと」

「客が少ないから儲けは少ないけどな。父親は良く知らない。母さんも最後まで話さなかった」

「そうですの……わたくしも生まれてすぐ母が亡くなったと聞いています。お互いに苦労しましたわね」

意外な共通点を見つけると、そこからはお互いに話が盛り上がった。

大きさの違いはあれど、家を維持することの大変さ。それに、強力な力を持っていることで感じる周りとの壁。話しているうちに、お互いがお互いへ好感を抱いていくのを実感した。

そのとき、クッキーを食べようとしたジェマが、手を滑らせて落としてしまった。

円型のクッキーはころころとテーブルを転がり、俺のほうまで来る。

「あら、ごめんなさい……んっ！」

ジェマはソファーから腰を浮かせ、身を乗り出すとクッキーを拾う。

その際、前傾姿勢になったことで彼女の大きな胸がこれでもかと強調された。しかも布面積の少ない衣装だから、俺から見るとほとんど何も着けていないようにも見えてしまう。

これまでは魔王としての強さを知っていたことがストッパーになっていたようだが、今日の会話でその印象が和らぎ、ジェマのことを女として意識するようになってしまったらしい。

そして、一度そういう風に意識してしまうとジェマは女として魅力的すぎた。

「……？　アレックス、どうしましたの？」

「いや、何でもない。それよりちょっと見てほしい物があってな、そっちに行ってもいいか？」

「ええ、構いませんわ。なんでしょう？」

俺は立ち上がると、ジェマの横に移動して腰を下ろす。

「ちょ、ちょっと近くありません⁉」

「そうか？　こっちのほうが見やすいぞ」

そう言って、懐から紙を取り出すとそこに描いてある魔法陣を見せる。

「こいつは街から食糧なんかを送ってもらうときに使ってる魔法陣なんだが、少し小さいのが欠点でな。大きくすれば一気に物を運べるんだが、魔法陣の形が崩れやすくなって危ないんだ。何かいい方法を知らないか？」

「そ、そうですわね……」

ジェマはそう言いつつも俺のほうをチラチラと見ている。これは完全に俺のことを意識してるな。

脈アリと判断した俺は、ジェマを手籠めにするべく口説き始めたのだった。

七話　ジェマのファーストキス

ジェマに狙いを定めたことで、俺はアプローチを始めた。

すでに似た境遇にあったことなどで好感を得ていたので、そう難しくはないだろう。

彼女の反応を見つつ、急速に距離を縮めていった。

「……なるほど、こうすれば良かったか。助かったよ」

「いえ、この程度……この城へ影響のない範囲なら構いませんわ」

「この城のこと、大切にしてるんだな。いや、当然か。俺も宿屋のことは大切だ」

そう言うとジェマも笑みを浮かべて頷く。

「ええ、この気持ちを共有できる人に出会えるなんて思っていませんでしたわ。本当に嬉しいです！」

最初は困惑していたジェマも、俺が隣に座っていることに違和感を覚えなくなってきている。

そろそろ次の段階に進むか。

「今度はジェマをうちの宿屋に招待したいな。ここよりは落ちるが、快適な空間だと保証するよ」

「あの、嬉しいお誘いなのですが、ちょっと……」

俺が外に出る話題を振ると、とたんに表情を曇らせるジェマ。

この城からは出たくないということのようだ。

ただ、これを利用してもっとジェマとの距離を縮められるかもしれない。

「城を守るのも大事だが、ずっと引きこもってるのも良くないだろう。俺が一緒にいてやるから出てみないか？」

そう言いつつ彼女の肩に手を置く。

「えっ、アレックスも一緒にですか？」

「ふたり一緒なら、それこそ天変地異が起きても何とかなる。そう思っていれば大丈夫だ」

「確かにあなたの実力はよく知っていますし、それは信用に値するものですけど」

ジェマはそう続けるが、踏ん切りがつかない様子だ。なら、一歩大きく踏み込んでみるとしよう。

「だろう？　それでもまだ不安だっていうなら、もっと俺を信用してもらえるようにしないといけないな」

「えっ、なんですの……ひゃっ!?」

俺は彼女の肩を抱くと、そのまま抱き寄せて頬にキスをした。

いきなりのことにジェマは悲鳴を上げ、何が起きたのか分からないような表情をしている。

「ア、アレックス？　いきなりなにをしますの!?」

「なんだよ、これくらい普通の挨拶だ。それとも、引きこもりの魔王様にはこれでも刺激が強すぎたかな？」

少し煽るように言ってみると、案の定プライドを刺激されたのか首を振るジェマ。

「ま、まさか、それくらい知っていますわ！　わたくしたちのなかでは、そんな文化がなかっただけで！」

予想通りの反応だ。強がっているのが丸わかりだった。

「ふぅん、そうか。じゃあフレンドリーな奴に絡まれても大丈夫なように、もう少し俺で練習してみるか」

俺はそのままジェマをソファーに押し倒した。

彼女は突然のことに反応できず、そのまま仰向けになる。

俺は衝動的に、動揺しているジェマの爆乳を上から鷲掴みにしてしまう。

「何を……んっ、ひゃうぅ!?」

「おおっ、予想通りすごい感触だ。今までの中でも一番だな」

手のひら、そして指全体で味わう感触に思わず声が出てしまう。

ジェマの胸はこれまで相手した女性の中でもトップクラスに大きく、さらに形も綺麗だ。

魔族の強靭な肉体が、人間では不可能な美しさを実現しているんだろう。

「何をしているんですの!?　ふ、吹き飛ばしますわよ！」

「嫌なら一言『やめて』と言ってくれ。ただ、言わないならどこまでも進めていくぞ」

「それは、その……んぁっ！」

俺はジェマの衣裳をめくって胸を露わにすると、その頂へキスするように吸い付く。

ピンク色の乳首は舌で愛撫すると敏感に反応し、すぐに硬くなってくる。

「はうっ、わたくしの胸が舐められて……こんな感覚がっ!?」

「へえ、自分でするとき胸は弄らないのか。まさかオナニーの経験もないってことはないよな？」

愛撫を続けながらそう問いかけると、ジェマは羞恥で顔を真っ赤にした。

「そ、そんなこと女性に聞くものではありませんわよ！　それより、こんなの絶対練習レベルのものではありませんわ！」

「ちょっと気づくのが遅いぞ。その通り、俺はお前を手籠めにしようとしている」

そう宣言すると、ジェマの体が一瞬硬くなった。

これで怒ったり、泣かれてしまったら失敗だ。

「どうする、俺をはね飛ばせば貞操は守られるぞ。もし受け入れてくれるなら、止めはしない」

「そんな、急に決めろだなんてあんまりですわ……あんっ！　そ、そっちはダメですの！」

どうやら、問答無用で蹴り飛ばされるという訳ではないようだ。

ジェマが迷っている間に俺は下半身へ手を進める。

衣服の中に手を滑り込ませ、秘部を撫でるように愛撫し始めた。

「そこはダメです、ダメですわっ！　ひんっ、あん！　きゃふっ！」

一番敏感なところを刺激され、連続で嬌声を上げるジェマ。

彼女の美しい顔が快感に歪むのは見ているだけで興奮してくる。

「ジェマ、そろそろ決めてくれないと俺も止まれないぞ。夢中になりそうだ」

「アレックスが、わたくしに夢中に……？」

続く愛撫に息を荒くしながら見上げてくるジェマ。もうこの表情だけでも来るものがある。

「そろそろ限界だ。拒否しないなら、このまま初めてもいただくからな」

そう宣言し、俺はさらに愛撫を強めた。

片手で爆乳を揉みしだきながら、もう片手で秘部を責める。

一番感じやすい上下のポイントを押さえ、ジェマをどんどん興奮の高みへと昇らせていった。

「はうっ、ん、あぁん！　こ、こんなこと初めてですわ！　どうしてこんなに体が熱く……っ！」

「女がどう感じるかは個人差もあるが、定番ポイントは押さえてあるからな」

「経験豊富なのですね！　んっ、はぁはぁ！」

甘い声を上げながらも少し恨めしそうな目で俺を見るジェマ。

魔王である自分が、普通の女のように扱われているのが我慢ならないのか？

「この前一緒にいた彼女とも、こんな風にしているんでしょう」

「そうだな、クファナは従業員だがそれ以上の関係でもある。しかし、だからと言ってジェマのことを粗雑に扱う気はないぞ」

「……約束してくれます？」

「ああ、もちろんだ。今はジェマのことで頭がいっぱいだしな」

そう言って、今度は彼女に覆いかぶさる。

目を瞑って緊張した様子のジェマの頭を撫で、そのまま唇にキスを落とす。

「アレックス……んぅっ！」

「……っ！　んっ、あむ、ちゅっ！」

一瞬驚いたようだったが、すぐにジェマのほうからお返しとばかりに唇が押し付けられた。

俺はあまり強くし過ぎないように調節しながら、秘部への愛撫も続ける。

「はぁ、んむっ……わたくしのファーストキスです。光栄に思ってくださいませ？」

「もちろんだ、俺は幸せ者だよ。お返しにもっと気持ちよくしてやる！」

これまでの愛撫で濡れている膣内に指を浅く挿入する。

大切な処女膜を傷つけないようにしながら、激しく内側から愛撫した。

「あひっ!? なっ、ああっ！ そこっ、中は敏感で……イクッ!!」

「我慢するな、このまま気持ちいい絶頂を味わわせてやるからな」

快感に飲まれたジェマにそう話しかけ、ビンビンに硬くなった乳首を指で挟む。

「胸も一緒にっ!? ダメですわ！ 来る、来てしまいますのっ！」

その言葉に俺は膣内を内側から刺激するように指を動かした。次の瞬間。

「つあぁぁ！ イクッ、イきます！ あひっ、くふうううっ!!」

ビクビクっと痙攣するようにジェマの体が震え、絶頂する。

「はふっ、あっ、あうっ！」

まだ絶頂から降りられずに蕩けた表情をしているジェマを見ながら、どうやって処女を貰おうか考えるのだった。

八話　魔王の初体験

「はぁっはぁっ！　体が熱いですわ、今までにないくらい！」

四つん這いになった俺の下では、ジェマが大きく息を乱していた。

豊かな胸元は大きく上下し、褐色の肌には大粒の汗が浮かんでいる。

「どうだ、俺の責めは。なかなか気持ち良かっただろう？」

「一瞬目の前が真っ白になって、意識が飛んでしまいそうでしたわ！」

やり過ぎだ、とでも言うように俺を見上げるジェマ。

通常なら迫力もあったのかもしれないが、絶頂で全体的に蕩けている今は可愛いだけだ。

「悪かった。だが、準備は完璧だろう？　中までよくほぐれているはずだ」

絶頂して脱力している今なら、初めてでも俺のものを受け入れやすいはずだ。

以前クファナの初めてを貰ったときは、知らずに失敗してしまったからな。今度は慎重にやる。

「ちょっと脚を開かせるぞ、力を抜いてくれ」

そう言って取り掛かろうとしたとき、ジェマからストップがかかった。

「待ってくださいませ！　いつまでも任せきりは嫌ですわ！」

「嫌って言ったって、どうするんだ……」

俺を押し返すように体を起こしたジェマに、そう問いかける。

「わたくしも丸っ切り無知ではありませんのよ？　なにより、一から十まで手取り足取り指導されては魔王の沽券にかかわりますわ」

まだ少し顔が赤いが、しっかりした声音で言うジェマ。

そして、向かい合うように座っている俺を逆に押し倒してきた。

「うっ、何をするつもりだ？」

「今度はわたくしが上になる番ですわ。こんな体位を騎乗位というそうですわね」

ジェマは乱れた服装のまま俺の体を跨ぎ、俺の腰のあたりに座り込む。

ただでさえ露出度が激しいのに衣装が乱れて、ほとんど全裸みたいな恰好だった。

もちろん、そんな姿を見せられて冷静でいられるほど俺は枯れていない。

「わたくしのお尻の下で硬くなっていますわ。ふふ、さすがのアレックスも我慢できないようですね」

彼女は下着ごと俺のズボンをズラすが、そこで出てきた肉棒を見て固まった。

「っ!?　なっ、こんなに大きいのですか！　これがわたくしの中に？」

「大丈夫、しっかり解してあるからな。ゆっくり入れるんだ、支えておいてやる」

案の定というか、俺のものを見て動けなくなってしまったジェマ。

やはり俺が手伝ってやらなければいけないようだ。

彼女の腰に両手を当て、腰が一気に落ちないようサポートする。

「ジェマ、そのまま腰を下ろすんだ。入れるところを間違えるなよ？」

「今さら何を言ってますの。わたくしも子供じゃありませんわ！」

そう言いつつも、まだ少し緊張気味のようだ。しかし、ここで止まっていることもできない。それはジェマも分かっているようで、慎重に腰を下ろしてきた。

「んむっ、くっ、うぅ……！」

硬くなった肉棒がジェマの膣内に咥えこまれていく。

俺の真上にいる彼女は少しばかり辛そうで、表情を歪めている。

「ジェマ、大丈夫か？　つらいならいったん止めても……」

「問題ありませんわ。このまま……んくっ、いたっ！　んうっ！」

徐々に腰を下ろしていき、ついには俺の肉棒を全て咥えこんでしまった。

まだ誰も受け入れたことのなかった膣内は、肉棒を食いちぎらんばかりに締めつけてくる。

腰のほうを見れば、繋がっている場所に薄っすら赤いものが見えた。

「一度イかせた後でこれなんだから、何もせずにやってたらひどい目にあったな」

中のキツさを味わった俺はそう言って苦笑いする。

そして、これまで誰も踏み入ることの許されなかった領域に入っていると思うと、心の中に征服欲が湧き上がってくる。

このまま腰を動かして、クファナと同じように自分だけの場所にしてやりたい。

だが、前と同じ失敗を繰り返さないためにも気持ちを落ち着かせ、ジェマに話しかける。

「中の調子はどうだ。大丈夫か？」

「え、ええ。少しキツいですけれど、大丈夫ですわ。もう傷も塞がったでしょうし」

「さすが、回復力も人間とは段違いだな。こんなところで役に立つとは思わなかったが」

「それはわたくしも同じです。でも、これで初めてをアレックスに受け取ってもらえましたわね」

彼女は前かがみになると、そのままキスしてくる。

俺もその好意に応え、しばしつながったまま時間を過ごす。

「ちゅ、んうっ……アレックスのが萎えないうちに気持ち良くしてあげないといけませんわね」

「俺は今のままでも十分気持ちいいけどな」

ジェマはその言葉に笑みを浮かべると、俺の胸に手を置きゆっくり腰を動かし始めた。

「はぁ、ふぅ、んんっ！　ゆっくりなら動かせそうですわ」

見れば、先ほど結合部に見えた赤いものも完全に消えている。

ただ、やはり初めてするからか腰はあまり速く動かせないようだ。

「んっ、くふっ！　やっぱりまだ上手く動かないですわ」

「当たり前だ、今日が初めてなんだからな。入れただけで痛くて泣く奴もいるんだから、ジェマは上手いほうだよ」

そう言ってフォローするが、彼女はあまり納得していないようだった。

「もうすでに出遅れていますのに、ここで止まる訳にはいきませんわ」

「……いったい何にだ？」

「クファナですわ。彼女とはもう深い仲なのでしょう？」

俺を見下ろすジェマの目には嫉妬の感情が籠っているのが見て取れた。

マズいな、痴情のもつれで後ろから刺されるなんてことにはなりたくないぞ。

「クファナのことが気になるなら今度ゆっくり話そう、約束する。だが、今はそんな話で緊張しなくても良いんじゃないか？」

「そう言われても、無視することなど……ひゃうっ!?」

言葉の途中でジェマが急に悲鳴を上げた。俺が腰を動かしたからだ。

「分からず屋だな、俺が手綱を握るしかないみたいだ」

「ま、待ってください！　乗っているのはわたくしのほうですわ！　やっ、あうぅ！」

ジェマの言葉を気にせず腰を動かす。

最初はギュウギュウに締めつけてきた膣内も彼女が動いているうちに少しは解れたようだ。

俺はしっかりジェマの腰を掴み、下から彼女を突き上げる。

「んっ、あぁん！　ズンズンって突き上げられて……っ！」

突然始まった俺の責めに、拳を握って耐えようとするジェマ。

だが、努力もむなしく我慢の限界は訪れる。

「隅々まで擦り上げてやるからな。膣内全体で感じろ！」

「ひぐっ!?　ダメですわ、そんなにグリグリ押し付けちゃダメェっ!!」

連続して腰を突き上げ、ジェマの膣内を余すところなく刺激していく。

ジェマもそれに反応して締めつけてくるので、こっちの興奮も際限なく上昇していった。

「ふぅふぅ、あんっ！　無理ですわ！　これ、我慢できませんの！」

ジェマの嬌声も大きくなり、もうクファナについて考えるどころではなくなっているようだ。

目的は達成したが、代償として俺のほうも興奮が限界近くまで上り詰めてしまった。

目の前の美女に溜め込んだものをぶちまけたいという本能が、思考を塗りつぶしていく。

「ジェマ、イクぞ。このまま出すからな！」

「だ、出すって中に⁉　待ってください、わたくしまだ覚悟が！」

「初めに済ませておくんだったな。俺は遠慮しないぞ！」

俺はそのままジェマの腰を引き寄せ、そこに思い切り肉棒を打ち込んだ。

「つぐ……！」

最奥を突き上げるのと同時に放出し、白濁液で彼女の中を染め上げる。

「くひぃ！　あうっ、熱いの流れ込んできてますわ！　またイク、初めてなのに中でイっちゃいますのおおっ‼」

最後まで中を責め続けられてジェマも絶頂に至った。

「んぅっ、はぁはぁ……」

体から力を抜いたジェマがこっちのほうに倒れてくる、
俺はそれを受け止め、しばらくの間余韻に浸るのだった。

九話　エイダの告白

ジェマとのひと時を過ごした後、俺はラストダンジョンを後にした。

もともと異常がないか調べるという体《てい》だったので、あまり遅くなるわけにもいかない。彼女はもう少し一緒にいたいと言っていたが、また来ると約束して何とかなだめた。

帰りは特にすることもないので、ショートカットを最大限使って降りていく。

三十分もしないうちに外に出ることに成功し、そのまま宿に帰った。

「ただいま。待たせたな」

中に入ると、一階の酒場でクファナとエイダが待っていた。

「お帰りなさい。ずいぶん時間がかかったみたいじゃない」

出迎えてくれたクファナが俺のほうを見て言う。

「まあな、ちょっといろいろ調べつつ、上ったから時間がかかったんだ」

本当は上に着いてからのほうが長かったが、嘘は言っていない。

「ふぅん、そういうことにしておくわ。飲み物を用意するね」

まだちょっと怪しいと思っている視線だったが、とりあえず乗り切ったようだ。

落ち着いたらジェマのことも説明しないといけないな。ただ、今は依頼主への報告が第一だ。

俺はエイダの座っているテーブルに、向かい合うように腰掛ける。

「お疲れ様、アレックスくん。結果はどうだった？」

いつになく真面目な表情で聞いてくるので俺の気分も引き締められ、真剣に質問に答える。

「ラスダン内部に変わったところはなかった。いつも通りの罠とモンスターだ」

内部で見た情報を一つ一つエイダに伝えていく。

「じゃあ、ダンジョン内に変化はなかったってことね。なるほど」

彼女は俺の話を聞くと難しい表情になり、考えごとをするように腕を組む。

「エイダ、そろそろ今回俺に依頼した理由を教えてもらえないか？　もしダンジョンに関係あることだったら俺も知っておきたい」

そう言って彼女を見つめる。宿屋の主としては危険がありそうなら、あらかじめ対策しておくのは義務だ。俺の言葉を受けて、エイダは口を開く。

「実はダンジョン内の地図を作りたいっていう人がいるの」

「ほう？　ラストダンジョンは、地図があっても楽には進めないのはエイダも分かってるはずだ。一つのフロアにいくつもの攻略ルートがあるし、一定の壁は毎日場所を変えてそのルートさえも塞ぐ」

地図を頼りに進んでも、そこに道があるとは限らない。それが、最も難易度の高いダンジョンと言われる理由の一つでもある。俺はエイダの話の中に不審なものを感じ、続けて問い詰める。

「それに、魔王はこれ以上、ワラワラと人が入ってくることは許さないだろうよ。誰だって自分の家に盗人が入ってくるのは嫌なもんだ」

「まぁ、そうでしょうね……」

「エイダ、これ以上何かしてほしいなら、隠していることを明かしてもらわないと協力できないぞ」

俺がそう言って一線を引くと、彼女は目を瞑ってため息を吐く。

「ふぅ……分かった。アレックスくんの協力は必要だから、事情は話すわ」

「よし、物分かりが良い相手は好きだ」

俺が頷くとちょうど奥からクファナが戻って来たので、席に座ってもらってふたりで話を聞く。

こいつももう立派に身内なんだから、情報は共有しておかないとな。

「まず、私の事情から話すわね」

クファナの用意した飲み物で喉を潤すと、エイダが話し始める。

「冒険者っていうのも嘘じゃないけど、本当の仕事はアイロス王国の諜報員なの。それも国王陛下付きのね。何度もラストダンジョンに挑んでいるのは、定期的に魔王の様子を監視するためなの」

「国王付き？　それ、本当なんですか!?」

隣で聞いていたクファナが驚いたような声を上げる。アイロス王国はラスダンに隣接していて、積極的に冒険者を支援している国だからな。そこの国王ともなれば、学のほとんどないクファナでも知ってるくらいに有名だ。

魔王討伐を掲げて数多の冒険者を支援して送り出し、その見返りに彼らが持ち帰った宝玉の大部分は王国内で取り引きされる。宝玉のお陰で周りの国より国力が頭一つ抜けているし、ラスダンの恩恵を一番受けている国だな。

「ええ、ヴィルヘルム四世その人よ。アレックスくんは知ってるかしら？」

「昔、母さんに連れられて王国の宮殿に行ったときチラッとな」

「あなたのお母様、当時の国王の耳に勇名が届くほどの人だったものね」

そう言われ、俺は少し苦い表情になる。

「だからといって変な期待をされても困るけどな。今の俺は宿屋の店主だ」

「人間、困っているときは何にでも縋りたくなるのよ。それで今回陛下が頭を痛めてることなんだけど、それは……騎士団の暴走なの」

「おいおい、身内の不始末を片付けるのに手を貸せって言うのか？」

面倒そうな案件だと悟り、俺はあからさまに表情を歪めた。騎士団はその名の通り、専業軍人である騎士の部隊だ。武器はもちろん魔法も使い、普通の兵士の十人分の働きをすると言われている。

「五つある騎士団のうちの一つ、聖鈴騎士団が本気で魔王討伐に動き始めたのよ」

「本気か？　騎士団一つでどうこうなる相手じゃないぞ。国王は止めなかったのか？」

そう言って眉を顰めると、エイダも肩をすくめる。

「王国も一枚岩という訳じゃなくてね、派閥とかいろいろ面倒なの」

その言葉に俺はうんざりして額に手を当てる。政治だの何だのというのは難しくてよく分からない。商売敵もいなくて平和に宿屋を営んでいる俺からすれば、触れたくない領域だ。

「それで、その騎士団を止めろと？」

「ええ、そう。彼ら何か隠し玉を持っているらしいし、万が一のことを考えてね。魔王を怒らせてしまったらマズいわ」

「確かにそれは困るな。冒険者に対する印象すら悪いのに、自分を殺しに来た騎士団となると……」

どう考えてもジェマが怒る展開しか想像できなかった。最悪、宿を続けられなくなるかもしれない。面倒ごとが持ち込まれなければ、今まで通り平和に暮らせたのに……。

「とりあえず、だいたいの事情はわかったよエイダ。ありがとう」

「とんでもない。こっちこそ聞いてくれて感謝するわ」

「ふん、どうせラスダンに来るなら関わらざるを得ないだろ」

ちょうどいい所に絶好の休憩場所があるのだ。余程の馬鹿か野宿好きでもなければ、この宿を利用するはず。こちらから手を出すとすれば、そのときか？

「確実に巻き込まれるならこっちから協力したほうが良いな。何かプランはあるのか？」

「もう考えてあるわ。でも、それより前にアレックスくんに会ってもらいたい人がいるの」

「人に会う？　もうすぐここに来るのか？」

エイダが切り出した話に俺は首をかしげる。騎士団を止めるための援軍か何かか？

「悪いけど、考えている人とはちょっと違うと思うわ」

「いったい誰なんだ？」

「ヴィルヘルム四世。私の主でもある、アイロス王国の国王よ」

「ふっ、冗談だろ。俺はここから動く気はないし、国のトップがおいそれと動けるとも思えない」

俺はそう言ったが、エイダは笑みを浮かべて懐から何か取り出す。

「手鏡か？　しかし、ずいぶん強力な魔法がかけられているな……」

「魔道具の一つよ、対になる鏡を持っている相手と対面できるわ」

「便利な物があるな。今の魔法じゃ、メッセージを送るのが精一杯だと思ってたんだが」

そう言っている間にも、エイダが机に手鏡を置く。

すると鏡が、小さく折りたたまれた状態から開くように展開し、大きな画面となる。

その向こうには、昔見たことのある男が座っていた。

十話　聖鈴騎士団の狙い

アイロス王国の王都、その宮殿の一室にその男はいた。

国王であるヴィルヘルム四世だ。

「さて、そろそろ時間だと思うが」

周囲に誰もいないことを確認した彼は、部屋の端にある姿見を動かした。

エイダの持っている手鏡の対になる魔道具だ。

椅子に腰掛けて待機していると、目の前に置いた姿見が一瞬震える。

「来たか、流石に時間通りだな。優秀だ」

自分の部下の手際に満足するように頷くと、彼は鏡の奥を見据えた。

そして、銀色の表面が波打ったかと思うとその奥に男の姿が現れる。アレックスだ。

彼はこちら側の様子を見て、少し驚いたような表情をしていた。

「久しぶりだな、アレックス。君の母君を宮殿に招いて以来か」

国王がそう切り出すと、アレックスはその場で礼を取った。

「はい、お久しぶりです。憶えていただけているとは思いませんでした」

「覚えているとも。母君は当時知らぬ者のいない冒険者であったからな。今では伝記も出版されているそうではないか」

「息子としては少し複雑な気持ちですが……」

微妙な表情になるアレックスを見て、国王は笑った。

「ははは、悪い内容ではないぞ。しかし、あれほどの人物がこんな早くに亡くなるとは残念だった」

「仕方ありません、病でしたから。本人もそれに気づいて引退して、宿屋など始めたそうですし」

「ふむ、そうか……」

国王は少しの間、目を瞑り、話題を切り変える。

「……本題に入るとしよう。概要は聞いているかね？」

「はい、エイダから。厄介なことになっているそうですね」

「うむ。身内の暴走でそちらに迷惑をかけることになる。すまない」

国王はそう言うと軽く頭を下げた。それを見てアレックスは目を見開く。

普通、一国の君主が頭を下げるなど簡単にはあってはならないことだ。

それこそ、戦争で負けでもしない限りあり得ないと言えるだろう。

「陛下、お顔を上げてください。出来る限りの協力はしますので」

そう言いつつ、アレックスは頭の中でしてやられたと感じていた。

(先に頭を下げられたら、協力するしかないじゃないか。ここまでされて無視できるほど俺は図々しくないぞ)

王が頭を下げることの重さを理解できるからこそ、アレックスは苦い表情になっていた。

それに、国王もアレックス相手だからこそ頭を下げたのだ。

大きな功績のある冒険者の息子で、しかも単独で宝玉を楽々回収する実力を持っている。

さらには件の魔王にまでその実力を認められているらしい。

エイダから聞いた情報を元に、頭を下げるだけの価値があると判断したのだ。

「そうか、助かる。儂のほうも政治的な理由で手勢を動かすことで出来ず、お前たちだけが頼りなのだ」

頭を上げた国王も同じように苦い表情だった。

国王とて全てのことを自分の思うように動かすことは出来ないのだ。

身動きの取れない彼が唯一の希望として接触したのがアレックスだった。

「では、儂のほうから事件の詳細を話そう。事が起こったのは半年前、ある遺跡から危険なものが発見された」

「危険なもの？」

「うむ、古い時代に行われていた魔族狩りの道具だ」

国王はそれから説明を続けた。

見つかったのは、一見すると何の変哲もない石の杭だった。

しかし、強力な魔力が込められていたことから、王都に持ち帰り魔法使いが研究した。

それによって、その杭が魔族狩りに使われる祝福された石杭だと判明した。

古い文献によれば、再び神官が祝福を施した石杭を魔王の心臓に打ち込めば、その驚異的な回復力を封じて殺すことができるという。

同じ時代のいくつかの文献にも、この杭によって魔王が討たれたという記録があったようだ。

「では、なぜそんな危険なものが騎士団の手に？」

「その石杭の見つかった遺跡というのが、聖鈴騎士団団長であるオイゲンの所領なのだ」

無論国王も危険物として回収しようとしたが、オイゲンが反抗したという。

彼と親交のある貴族や、国王に反発する貴族まで協力し、手出しできなくなってしまっていた。

「最悪持っているだけならば問題なかったのだが、そのうちオイゲンは石杭を使って魔王を討伐するなどと言いだしおってなぁ」

そうとう頭が痛かったのだろう。国王は額に手を当てて眉をしかめる。

「それで、そのオイゲンとかいう奴が騎士団を率いてこちらに向かっていると？」

「うむ、その通りだ。今しばらく時間はかかるだろうが、実力はある男だ。すぐにたどり着いてしまうだろう」

オイゲンは保守派のヴィルヘルム四世と違い、魔王のいない世界を望む革新派貴族の筆頭であった。

精鋭の騎士団や雇った冒険者を使い、魔王を殺すためにラスダンへ向かっているという。

高潔な性格だが思い込みが強く、石杭を発見した自分には魔王討伐の使命が課せられたと考えているようだ。

「儂としては、今までのように宝玉だけを回収できれば良い。そもそも、魔王が人間の領域を侵略したのは何代も前の話だ。当時の人間も魔族もみな死に絶えている。今さら蒸し返すことではない」

魔王を倒せば絶大な功績とはなるだろうが、そのための犠牲はあまりにも大きいだろう。

ならば、莫大なエネルギー源となる宝玉の供給先として放置しておく。

冒険者や国民を煽るために魔王討伐を掲げてはいるものの、全くの建て前であった。

「恐らく、一週間もしない間にオイゲンはそちらへ到着するだろう。それまでに対策を立ててもらいたい」

「分かりました。全力を尽くしましょう」

アレックスの言葉を聞いて国王も安心したのか頷く。

「失敗すれば、怒り狂った魔王が再び侵略を開始するかもしれない。そうなれば地上は地獄になるだろう、くれぐれも頼んだぞ」

「そうプレッシャーをかけないでくださいよ。まあ、出来るだけやってみます」

しっかりと頷くアレックスを見て、国王も安心したように息を吐いた。

「成功すれば、儂に用意できる範囲で望むものを与えよう」

「へえ……そう言われると迷いますね。では……考えておきます」

不敵に笑うアレックスに、国王は若干の不安に駆られるのだった。

◆　◆

国王との面会を終わり、俺は椅子の背もたれに体重をかけて伸びをした。

「くうっ、流石に少し緊張したな」

そう言うと、すぐに横のクファナからツッコミが入る。

「す、少しですって？　冗談じゃないわ！　あの人、鏡越しにも分かるくらい凄いプレッシャー放ってたじゃない！　頭を下げてるときなんか、こっちが泣き出しそうなくらいだったわよ!?」

その言葉通り、若干涙目になったクファナが言う。

「うぅん、そうか？」

「そうよ！　もう信じられないわ！」

流石に国を持つ王なだけある、と言えば良いんだろうか。

クファナは完全に混乱しているようだった。

「ほら、こっちにこい。落ち着け」

俺は彼女の腕を掴むと、そのまま自分のところに引き寄せる。

そうして背中を撫でて落ち着かせると、ふと思い出す。

「……そうか、実は少し前に大勢冒険者がやって来たことがあったんだ」

「大勢？　確かに珍しいわね」

「エイダの言う通り、この宿が賑わうなんてめったにない。だがあいつらが全員オイゲンが送り込んだ偵察隊だったとしたら説明がつく」

恐らく、奴は石杭を手に入れてからずっと機会をうかがっていたんだろうな。

「うちを繁盛させてくれたことはありがたいが、厄介者と分かれば容赦しない」

うちの商売の種を潰されちゃたまらないからな。

個人的にもジェマとは深い仲になったばかりだ。死んでほしくはない。

「さて、じゃあ騎士団を追い返すために策を考えるとしますか」

そう言って、俺は対騎士団のために動き始めるのだった。

十一話　食堂でのＷ奉仕

「……さて、対策を考えるとは言ったがまだ十分に時間はあるな」

国王の調べでは、オイゲンはここまで一週間以内に来るそうだ。

ということは、今日明日に来るということはない。

急いては事を仕損じるというし、土地勘があるのも俺たち側に有利だ。

「ひとまず英気を養おうと思うんだが、どう思う？」

そう言って横にいるクファナを見ると、彼女は俺のほうを睨んでいた。

「さっきからあたしのお尻にばっかり手が行ってるんだけど？」

「良いじゃないか、減る物じゃないし。それに、お前は俺のものだろ」

そう言ってやると、契約上断れない彼女はムスッとする。

だが、そのときもうひとりが俺の近くにやってきた。エイダだ。

「アレックスくん、まさかここで始める気？」

彼女の言葉でハッと気づいたようにクファナも顔を上げる。

それを見て、少しだけ意地悪してやろうと思い立つ。

「そうだな、それも良い。誰が来るか分からないここでするのも、スリリングだしな」

「じょ、冗談じゃないわ！　それだけは無理よ！」

サッと俺の手から逃れて離れるクファナ。明らかにこちらを警戒している。

それを見たエイダはおかしそうに笑った。

「ふふっ、変なこと言うからフラれちゃったみたいね」

「じゃあ代わりにエイダが相手になってくれるか？」

振り返って言うと、エイダは少し考えてから頷く。

「うん、良いよ。今まで人前でしたことなかったけど、アレックスくん相手なら良いかな」

「エ、エイダさん!?」

クファナが驚きの声を上げるが、彼女はもうすでに俺の前に跪いている。

そして、ズボンに手をかけると俺の顔を見上げた。

「あ、一応言っておくけど、アレックスくんに抱かれたのは命令じゃないよ？」

「だったら嬉しいよ。正直に言うと少しだけ不安だったんだ」

つまり、エイダは体を使って俺に近づき、情報を集めていたのではないかということ。

こいつは俺がラスダンの内部に詳しいことを知ってるからな。

「見損なわないでよね、私の体はそんなに安くないわ」

不敵に笑いながらズボンを脱がし、露になった肉棒を持ち上げる。

「やっぱりいつ見ても凄いわ。これでまだ全開じゃないんだから嘘みたい」

肉棒を両手で持つとゆっくり摩りながら、顔を近づけて竿に口づけする。

「ちゅっ……ダンジョンに行ってきたからか、少し汗かいてるみたい」

「何ならシャワーでも浴びてこようか？」

「冗談言わないで。せっかくの雰囲気が台無しじゃない、ふふっ！」

どうやらエイダは今の状況を楽しんでいるようだ。

いつもは客が酒を飲み、食事をする空間で事に及んでいると思うと俺も緊張する。

それが良いスパイスになって、エイダの奉仕がより鮮明に感じられていた。

肉棒がエイダの唾液でコーティングされ始めたころ、彼女は振り返ってクファナに問いかける。

「ちゅる、んっ、れるるっ！　そう言えば、クファナはどうするの？　そこで見てるだけ？」

「だ、だってこんなところで……せめて寝室に行かないと」

「ここで働いてるなら、普段どれだけ客が入らないかは知ってるでしょう？　大丈夫よ」

「おい、その言葉は地味に傷つくんだが……」

俺の言葉は無視され、ふたりの会話は続く。

「それでも勇気が出ないなら、もう良いわ。今日はアレックスくんのこと独り占めにしちゃうから！」

「つ！　か、勝手にすれば、いいじゃない……」

挑発するように言われ、クファナがギュッと拳を握る。

「やった！　じゃあこの大きいの、独り占めしちゃう！」

年上の癖に無邪気に喜び、肉棒を先端から咥え込むエイダ。

これだけ見ると身持ちが硬いとはとても思えないが、体を許した相手にだけ見せる表情だと思うと興奮する。

「んじゅっ、じゅるるるっ！　んふっ、どんどん硬くなってる。私の口の中、気持ちいい？」

「ああ、口の中でめちゃくちゃに動き回って……ぐっ！」

「れるっ、じゅずず！　気持ちよさそうな顔……お腹の奥が疼いてきちゃう」

そう言いながらも自慰に浸ることはなく、全力で奉仕してくるエイダ。

一心不乱に与えられる快感に、俺も堪えきれず声を上げてしまった。

そして、すぐ傍でそれを見せつけられているクファナ。

「……っ！　待ちなさいよ、いつもアレックスの相手してるのはあたしなんだから！」

ついに堪えきれなくなったようで、エイダの隣に滑り込んでくる。

「ようやく正直になったたね。でも、私だって独り占めは許さないわ。一緒に気持ち良くしてあげましょ？」

「はむっ！　れるっ、ちゅううううっ！」

彼女はエイダの言葉も聞かず、遅れを取り戻すとばかりに吸い付いてくる。

絶妙な力加減の甘噛みと吸い付きで腰にビリビリと痺れるような快感が生まれた。

「ふふ、夢中になっちゃって可愛い……アレックスくん、こんなにエッチになるまで調教しちゃったの？」

「まさか、自然とこうなったんだよ。俺のほうも夢中になってたきらいはあるけどな」

女を抱くのは慣れていると思ってたが、クファナ相手だと初めてのときのように燃えてしまう。

彼女自身が美女なのもあるが、体の相性が良いのかもしれないな。

「へえ、ちょっと妬けちゃうかも……」

エイダは口元を歪めると、クファナと競い合うように奉仕し始めた。

「んむ、ぢゅるる、ちゅうっ！　口でするのは結構得意なんだから」

「あたしだって負けないわよ。アレックスを一番気持ちよくできるんだから！」

負けじと挑戦するクファナだが、やはり経験の差なのか、技量はエイダのほうが上だ。

一緒にされているとその違いがはっきり感じ取れてしまう。

「むう、だったらあたしにも考えがあるわよ！」

クファナは自分がテクニックで劣るとみると、ウェイトレス衣装をはだけて胸を露わにする。

「アレックスはこっちも大好きだもんね！」

その大きさは俺の片手では収まらないほどで、十分に巨乳と言える。

エイダの胸も決して小さくはないが、本物の巨乳を横にすれば比べるべくもない。

「むっ、それはちょっとズルくない？」

「持っているものを有効に使って攻略するのが冒険者ですから！」

そう言うと、クファナは俺を攻略すべく肉棒をその大きな胸で挟み込んだ。

ぐにゅりと変形しながら硬くなったものを包み込み、その上で左右から手を使って刺激する。

柔肉がスライムのように襲い掛かってきて、肉棒に穏やかな刺激を与えた。

「あんっ、あたしの胸の中でビクビク動いてる。気持ち良いんだ？」

「これが気持ち良くないはずがないだろう。最高だ」

そう言うと、クファナの表情も穏やかになった。

「ふう、やっぱり男って大きいほうが良いのかな。でも、このまま負けるのは癪だよね」

一方エイダも火が点いたようで、クファナの巨乳に収まり切らない部分を咥えた。

クファナの動きを阻害しないような器用さで奉仕を続け、興奮を高めていく。

そんなふうに続けられては、俺もそう長く堪えられるわけがなかった。

「くっ、ふたり共……！」

限界が近いことを伝えると、彼女たちはいっそう奉仕を激しくする。

「もうイキそうなんでしょ？　良いわよ、私の胸のなかでイっちゃって！」

「最後まで気持ちよくしてあげる、アレックスくん！　れろっ、ちゅぷ、ぢゅるるるるるっ!!」

肉棒を包み込んだ胸が締めつけられ、エイダの口で吸い上げられるように刺激される。

その快感を同時に味わいながら、俺は堪えていたものを吐き出した。

「きゃっ、ビクビクって！　あたしの胸の中、すごく熱いよっ！」

「んんっ！　じゅるるるる！　ごくっ、ちゅるる！　んはっ、喉に張り付いちゃいそう」

クファナの胸もエイダの喉奥も、俺の白濁で一面染められている。

その光景を見て、俺はますます興奮を強めるのだった。

十二話　エイダとクファァナの特製セット

ふたりの奉仕によって一度興奮の頂点まで押し上げられた俺は、椅子に座り込んで全身の力を抜いていた。その間にクファァナとエイダは口と胸の汚れを拭い、再び俺のそばに侍《はべ》る。

「ふたり一緒に奉仕させるなんて、普通出来ない贅沢よね。息を合わせるのって大変なんだから」

「あんなに出して……拭くの大変だったのよ!?」

こんな風に言っているが、エイダもクファァナも表情を見る限りまんざらでもなさそうだった。

これからもふたり一緒にしてもらえるかもしれないと期待を抱きつつ、まだ自分の中の熱が冷めていないことを感じる。

「まあ、これだけの相手に一回で終わるわけないか」

自嘲気味にそう呟くが、やることは変わらない。俺は椅子から立ち上がると、ふたりも立たせる。

「ちょっとアレックスくん、どうするの？」

「まさか、まだ満足してないんじゃ……ひゃん！」

無言の行動に困惑した彼女たちを裸にし、そのままテーブルに手をつかせる。

俺から見れば左にクファァナ、右にエイダがいてこっちに尻を向けている形だ。

「ふたりの奉仕で満足はしたさ。今度はこっちが責める番ってことだよ」

そう言って、まだ残っていたふたりの下着を脱がし、秘部の様子を確かめる。

「んあっ、アレックスくんの指がっ！」

「待って、いきなり触っちゃダメだって……くひゅう！」

手で触ると、案の定というかどちらのそこも濡れていた。

「やっぱり……もう触れるだけで愛液が指に絡みついてくる」

秘部から離した指先には愛液が銀色の糸となって伸びていた。

これだけ濡れているなら、もうすぐにでも受け入れオーケーということだろう。

「さて、それじゃあ遠慮する必要はないな。ふたりまとめてイかせてやる！」

俺はまずクファナの後ろに立ち、その膣内へ一気に肉棒を叩きこんだ。

「ひきゅっ!?　もう中に入ってる……の？　お腹が熱いっ！」

「ああ、全部入ってるぞ。根元までピッタリだ」

クファナの腰を両手でしっかり掴み、そこへ打ちつけるように腰を動かす。

「んっ、あうっ、奥まで当たってる！　あたしの中、アレックスでいっぱいになってるよ！」

「そうだ、ここは俺の場所だ。こんなにエロくなっちまったんだ、他の男へなびかないように楔を打ち込んでやる！」

独占欲を露にしながら、クファナの中の具合を確かめるように腰を動かす。

先端で膣奥を突けば子宮口は蕩けた様子で俺を迎え、刺激に順応したヒダは肉棒へ沿うように絡みつく。引き抜くたびに肉棒を捕まえようと膣が締めつけを強めた。

「くっ、キツくなってきたな。そんなに俺を放したくないか？」

「ち、ちがっ、あんんっ！　あうっ、はぁはぁ、んあぁっ!?」

クファナの締めつけはどんどん激しさを増していている。

それは本人にも大きな快楽を与え、全身を快感に打ち震えさせていた。

「ん、凄い。動くだけでそんなに濡らしちゃってるなんて」

隣のエイダがクファナを見てそう零す。俺とクファナが繋がっている場所からは、肉棒を引き抜くたびに愛液が零れ落ちている。それでも全て掻き出されないのは、あとから後から湧き出るように愛液が出てくるからだ。まるで刺激するだけ湧き出る神秘の泉みたいだな。

「こんなに濡らしてるんだから、そうとう興奮してるんだろうな。なあ、クファナ？」

「し、知らないわよ！　さっきまであたし達が責めてたのに……んっ、ああん！」

とうとう快感が全身に回ったのか、体を支える腕が崩れてしまった。

クファナはいつも自分で磨いているテーブルに突っ伏し、堪えきれない嬌声を上げる。

「はぁはぁ、お腹の中が太いのでズンズンされてるっ！　あんっ、くふぅ、んんっ！」

全身を快感が支配しつつあるので、このままイかせることは容易い。しかし。

「むぅ……」

横にいるエイダが羨ましそうな顔でクファナの蕩けた表情を見ていた。なら、男としては彼女も可愛がってやるしかないだろう。せっかく濡れている中が渇いてしまってはもったいない。

「エイダ、脚を広げろ。そっちに移るぞ」

「えっ？　う、うん……分かった。これで良いかな？」

彼女は突然の指名に少し驚いたようだが、俺の言葉通り挿入しやすいよう脚を開く。

それを見た俺はクファナから肉棒を一気に引き抜き、そのままエイダの中に埋め込んだ。

「ひゃうっ！　い、一気にズルって、抜け、んっ、ふくぅぅっ!!」

「んあっ！　本当に移ってきた！　それに、すぐ動いて……あうっ！」

クファナは思い切り引き抜かれた刺激で、軽く絶頂したようだ。足腰を小さく震わせている。

「はぁはぁ、抜くなら先に言いなさいよ、バカッ！　刺激強すぎて立っていられないわよぉ！」

崩れ落ちそうになりながら言うクファナの様子を、見ているだけでも気分が盛り上がってくる。

「またアレックスくんのが硬くなってる！　もう私の中いっぱいなのに、こんなの収まらないよ！」

「しっかり収まるさ、赤ん坊が出てくるところだぞ？」

「だって、こんな……あうっ……ん、はふっ！」

腰を動かすと、今度はエイダの嬌声が聞こえる。俺は少し前のめりになると、エイダの胸を下からすくい上げるようにして揉む。上下の性感帯を一気に刺激され彼女の肩がビクついた。

「ひうっ、んぐぅ！　胸は大きいほうが好みなんじゃないの？」

「まあそうだが、エイダのが嫌いだなんて一言も言ってないぞ。それに結構揉み応えもあるしな！」

紛れもない巨乳であるクファナには劣るが、エイダも並み程度の大きさはある。

手のひらにちょうど収まるくらいの柔肉はまさにお手頃サイズだ。それにだ。ちょっと指を折り曲げて乳首を刺激すれば、まるでスイッチを押しているかのように膣内が締めつけられる。

「んっ！　あう……アレックスくん、それズルいよっ！」

「せっかく手の届く位置なんだ、弄らないなんてもったいないだろう？」

「もう、ほんとにエッチなことになると見境がなくなるんだから……ひゃっ、ひゃくぅ!!」

お腹側のヒダを潰すようにしながら腰を進めると、中がビクビクっと大きく震えた。

どうやらここが良く感じるらしいな。

「もっと鳴かせてやるよ、エイダ」

「まって、もう限界なのに！　んぐっ、あん、んんぅ！」

歯を食いしばって快感に耐え、うめき声を上げるエイダは、もう限界に近いのが分かる。このまま イかせても良いが、どうせならクファナとエイダが一緒に喘いでいるのを見たい。

「せっかくふたりいるんだ、最大限楽しまないとな！」

俺はクファナの身体をエイダにくっつくほど引き寄せ、再び彼女を犯す。

「きゃうっ、また来た！　あたしの中、グリグリ広げられる……んっ、くぅぅ！」

「本当にふたり一度に犯すなんて、信じられない！　もう無理よ、イクッ、イっちゃう！」

「あたしもイクッ！　アレックスも一緒にぃ！」

次の瞬間、ふたりが絶頂に震えた。俺も腰を突き出し、交互にふたりの中に子種をぶちまける。

「イクッ！　んっ、あぁん！　お腹にご主人様の熱いのがきてるよぉっ！」

「アレックスくんの凄いわ、こんなに出されたら全身が燃え上がっちゃいそう！」

絶頂の快感に全身を痺れさせながらも、恍惚とした表情を見せるふたり。

それを見た俺も満足し、テーブルに寄りかかるふたりの後ろで椅子に座り込む。

だが、そのとき。激しい交わりで熱気が籠るほどの食堂の扉のほうで音がした。

「っ！　誰だ!?」

慌ててぼんやりとしていた意識を覚醒させて振り返ると、そこにはジェマが呆然とした様子で立ち尽くしていたのだった。

十三話　対騎士団の作戦会議

あれから三十分後、ジェマを加えた四人で俺の私室に集まっていた。

もちろん、俺とエイダとクファナは身を清めた後だ。あんな状態のまま話すわけにはいかないからな。とはいえ、部屋の中の空気はあまり良くない。

その原因とも言えるのは間違いなく俺の正面に座っているジェマだった。

彼女は何か悩んでいるような表情で俺たちが座っているテーブルの中心を見ている。

「なあジェマ、大丈夫か？　どこか具合が悪いのか？」

そう問いかけると、やっと俺のほうに気づいたようだ。頭を上げ、俺と顔を見合わせる。

「アレックス……あの、さっきのアレは……」

「いや、何というか。その場の気分でああなってな。いつもは寝室でするんだが」

「ああ、そうですの……」

俺が答えても、ジェマは心ここにあらずという状態だ。

よほどさっき見た光景がショッキングだったらしい。

まあ、普通のセックスしか知らない彼女にしてみれば、刺激が強すぎたのかもしれないな。

一方、エイダとクファナのほうも緊張している様子だった。

あのヒキコモリ魔王が目の前にいるんだから仕方ない。

今のジェマからはいつものプレッシャーを感じないが、クファナは俺と一緒にラスダンへ入ったときに。エイダは以前ひとりでラスダンに潜ったとき、その姿を見ているらしいからな。

どちらにせよ、いつものジェマを知っているからこそ困惑しているようだ。

「アレックス、これどういうことなの？」

「な、なんで魔王がここに！　アレックスくん、説明してくれる？」

ふたりとも風呂に入って落ち着いたようだが、まだ疑惑はあるようだ。仕方なく、俺は彼女たちにラスダンであったことを説明する。すると、クファナもエイダも肩の力を抜いてため息を吐いた。

「……はぁ、どこまでいってもアレックスはアレックスね」

「流石に私も呆れたわ。まさか魔王を手籠めにするなんて、普通の発想じゃないわよ」

呆れたような目で俺を見るふたり。なんだか少し居心地が悪いな。

「えー、オホン。とにかく全員面識があるなら話は早い。ジェマが来てくれたことも好都合だ」

一つ咳払いをしてそう言うと、俺は目の前にいるジェマを見つめる。

「ジェマ、一応聞いておきたいんだが、どうしてうちの宿屋に？」

「だ、だってアレックスは言ったじゃありませんか。今度はうちに招待したいと。それで、気持ちが逸ってしまったのですわ」

どうやら俺が誘いに来るのを我慢できず、こっちに来てしまったらしい。

「そりゃあ悪かった。きちんと予定を決めておけば良かったな」

「そうですわ！　アレックスったら、また来るとだけ言い残して行ってしまうんですもの！　わたくしがどれだけ不安だったか想像できないでしょう！　なのに、勇気を出して城から出てみればあんな場所でふたりも相手に……わたくし、嫉妬してますわよ!?」

「うおっ、逆ギレ！　……でもないか。すまなかった、勘弁してくれ！」

さすがにこの場で手を出されても困るので、平謝りする。

魔法で強化してあるこの宿だが、ジェマが本気を出せば粉々になってしまうだろう。

何とかジェマの怒りを収め、俺は疲れを感じながらも本題を切り出す。

「実は、ジェマにも話しておきたかったことがあるんだ。大事な話だ、聞いてくれるな？」

「……まあ、良いですわ。手早く済ませてくださいませ」

「よし、分かった。実は王国からお前の命を狙って騎士団がやってくるんだ」

「そうですの。で、それが何か問題でも？」

自分の命が狙われていると言われても、全く表情を変えない。さっきはあれだけ動揺していたというのに……まあ、自身の強さを考えれば誰であろうと負けないと思ってるんだろうが。

「気持ちは分かるが、少しでも緊張感を持ってくれ。今回の相手は昔に使われていたという魔族狩りの石杭を持ってるんだ」

そこまで言うと、ジェマがわずかに表情を変えた。

「ジェマ、石杭について何か知ってるのか？」

「ええ、城にある書物で読んだことがありますわ。それが本物なら、確かに魔族を倒す力があるでしょう」

その言葉に俺とクファナ、エイダは顔を見合わせた。

正直、眉唾ものの話だと思っていたが、ジェマが言うのなら本当なのだろうな。

「なら、余計に注意が必要だよ。騎士団……特に石杭を持っているオイゲンをジェマへ近づけさせないようにしないと」

エイダがそう言うが、当のジェマは緊張した様子もない。

所詮人間のすることだと侮っているのか？

「ジェマ、万が一ということもある。協力して騎士団を撃退しよう」

「その騎士団というのは冒険者でもないのでしょう？　ダンジョン慣れしていない人間ごときに突破されることはありませんわ」

肩の力を抜いてそう言うジェマだが、オイゲンが冒険者を雇ったという事実もある。

それを伝えると、今度は鋭い目つきになった。

「……それは少し面倒ですわね」

「だろう？　だから、協力して一網打尽にしよう。そっちのほうが確実だ」

「アレックスがそこまで言うのなら、動きを合わせます」

仕方ない、という雰囲気で頷くジェマ。

「よし、なら作戦を考えよう。相手は騎士団一つと雇われの冒険者たちだ。エイダ、どれくらいの数になるか予想できるか？」

問いかけると、彼女は紙とペンを取り出して敵について書かれたものを取り出す。

「私の情報はこれ。オイゲンとその配下の騎士が五十人ほど。雇われの冒険者は十人以下ね」

そして、エイダはすぐに数を訂正する。

「ラストダンジョンへ到達するまでの試練で数を減らしているでしょうから、だいたい三十から四十人くらいじゃないかしら？」

「だが、ダンジョン攻略と考えると大所帯だぞ。普通は四人か五人くらいだ。多くても七人以上は見たことがない」

数が集まることはあっても、その大部分がラスダンへ到達する前に脱落してしまうからだ。

だが、今回は多少の脱落者が出ても構わず突き進んで来る。

エイダの言う通り、それなりの数が到達するだろう。

「ジェマ、これだけの数を相手にしてダンジョンのほうは大丈夫か？」

「問題ありませんわ。元が城ですもの、大人数に攻められることも想定されています」

そう答えるジェマだが、やはりいまいち緊張感が薄い。

さっき嫉妬していると言ってたが、それを引きずっているんだろうか？

騎士団到着までもう少し時間はある。それまでに機嫌を直してくれると嬉しいんだがな。

「……分かった、そっちのほうは心配無さそうだな。だが、やはり罠にハメる準備はしたほうが良いだろう」

「罠って、ダンジョンの中に罠を仕掛けるの？」

クファナが身を乗り出すとそう聞いてくる。

「ああ、もちろん。何たってこっちは魔王の味方だからな」

「ダンジョンの中を熟知したアレックスが考えた罠……知ってたら、あたし絶対入りたくないわ」

大嫌いな食べ物を前にした子供のように表情を歪めるクファナの反応に苦笑いしつつ、俺は計画を進める。そしてそれから五日後、俺の宿屋にオイゲン一行が現れたのだった。

十四話　アレックスの仕掛けた罠

不穏な空気が漂う曇りの日。

ちょうど朝食の時間が終わったころに奴らはやってきた。

まず、大柄で煌びやかな鎧を纏った男が入ってくる。

「ここが冒険者たちが話していた宿屋か……誰かいるか!?」

その声を聞いた俺は、営業用の笑みを浮かべて奥の部屋から出てくる。

「はい、私が店主です。ようこそ当宿までいらっしゃいました！」

見れば、短く刈り込んだ金髪と緑色の目。エイダの情報に照らし合わせると、こいつがオイゲンか。

「ずいぶん若いな。まあいい、三十七人で一週間だ。ベッドが足りんなら雑魚寝で構わん」

そう言って俺に、人の頭ほどの大きさの袋を投げ渡してきた。

「おっ、おおっと！　これは、中身全て金貨ですか!?」

流石の俺もこれには驚いた。王都の一等地に豪邸を建てられるほどの金額だ。

「高額と噂の宿代もこれだけあれば足りるであろう。余った分でそこの売店から商品を持っていくぞ」

「ははぁ！　これだけいただけるのなら、どうぞご自由に！」

「ふん、こんなところで宿を開いているからどんな者かと思っていたが、所詮商売人か」

奴はそう言うと俺への興味をなくしたのか、外で待っている部下を中へ入れた。

「クファナ！　団体のお客様だ、奥の部屋から順番にお通ししろ。あとは、簡易ベッドの用意もな！」

「うそっ、こんなにたくさん!?　分かったわ、そっちのあなたからついて来て！」

クファナも驚いた演技をしながら騎士たちを案内していく。

中には怪我をしている奴もいたので、ウェルカムドリンク代わりに回復薬をサービスしてやる。

これから罠にはめる相手だが、宿にいるうちは立派な客だからな。

といっても、これほど大勢の客を迎え入れるのは初めてだ。

クファナとともにあちこち動き回っているうちに時間は過ぎ、朝食の仕込みをして眠ったのが午前二時くらい。午前五時には起きて騎士や冒険者に朝食を振る舞った。

「ふぅ、なんとかひと段落か」

それも終わり一息ついていると、オイゲンが雇った冒険者相手に作戦を練っているのを目にする。

「旦那、ここの通路は狭い。騎士たちじゃ満足に動けませんぜ」

「ではどうする、こちらを進むか？　モンスターが多いようだが、我らならば問題ない」

彼らが見ているのはダンジョン内部の地図だった。

やはり、以前大勢の冒険者がやってきたのはオイゲンの差し金だったか。

偵察した情報を元に地図を作り、作戦を練っているらしい。

それをチャンスと見た俺は彼らに話しかける。

「へえ、ラスダンの地図ですか、よくできてますね。ただ、流石に隠し通路までは載っていないようだ」

「……なんだと？　店主、ふざけて言ってるのではないだろうな？」

振り返って俺を睨んでくるオイゲン。

その目には使命や野心といったものが燃え盛っており、常人ならプレッシャーを感じるだろう。

だが、俺は気にすることもなく説明を続ける。

「ええ、ここの角があるでしょう？　こっち側の壁にスイッチがあって、それを押すと一気に二十五階まで行ける通路が開くんですよ」

「なっ……そんなもの聞いたことがねえ！」

横にいた冒険者は声を上げるが、俺は気にせず続ける。

「さらにこっちに進めば三十二階、そこからこういけば四十階まで近道できます」

「ほう、なぜ俺に教えるのだ？」

探るような目つきで俺を見るオイゲン。

「そりゃあ、あれだけの代金を支払っていただきましたから。特別サービスです。見事宝玉を手に入れられるよう願っております」

「宝玉か……そうだな。上手く行ったら贔屓にしてやろう」

そう言って笑みを浮かべるオイゲン。内心では「俺たちが魔王退治に行くのも知らずに」とでも思ってるのかもな。だが、俺としてはそれが狙いだ。

油断しているところへガッツリ痛いのをお見舞いしてやるぜ。

それから朝食を取ったオイゲン一行は装備を整えてラスダンへと向かった。

「……よし、行ったな。クファナ、留守は任せる」

「アレックス、本当に行くの？　ジェマとエイダさんに任せておけば大丈夫じゃない？」

心配するクファナをよそに、俺は靴紐をしっかり結び直す。

「万が一のことがあったらいけないだろう。エイダと合流して奴らを見張る」

エイダは昨日からダンジョン内に籠り、罠の最終確認と監視をしてもらっていた。

「分かったわ。でも気を付けなさいよ？」

「誰に物を言ってるんだ、ダンジョン内は庭みたいなものだぞ」

心配するクファナの頭を軽く叩いて笑みを向けると、俺は騎士団の先回りをするためラスダンの裏口から侵入する。

いつものガーゴイルに軽く挨拶すると、教えていない隠し通路を使って予定のポイントまで向かった。そこでは、すでにエイダが身を隠してポイントを監視していた。

「アレックスくんも来たんだ、さあこっちに。もうすぐ奴らが来るよ」

「分かった。罠の様子はどうだ？」

壁の一部に偽装した監視ポイントへ入ると、エイダが前方を指さす。

そこはT字路になっていて、罠が発動すれば左右から強力なモンスターが現れる。

そして、後ろに下がろうとすれば落とし穴がまっている。

二度の近道で油断するオイゲンたちを確実に全滅させるための罠だ。

「……アレックスくん、足音が聞こえてきた」

「ああ、いよいよだ。魔力を流すタイミングは間違えるなよ」

「オーケー、任せといてちょうだい」

エイダが頷いたところで、オイゲンを先頭に騎士たちが進んできた。

奴らは隠れている俺たちの目の前を進み、T字路のほうへ向かっていく。

そして、最後尾が落とし穴を設置してある場所を通り過ぎた。

「よし、トラップ発動だ」

「はいはい、これでおしまいよ！」

エイダが手元のスイッチを押すと、込められていた魔力が送られて先のほうで扉が開く。

左の通路からは首なし騎士のデュラハン。右の通路は強酸性のヒュージスライムが解き放たれた。

どちらもジェマが用意した強力なモンスターで、二匹同時の相手だと俺でも面倒な相手だ。

そのまま一分ほど待つと、先のほうから怒号が聞こえてきた。

どうやらモンスターと騎士団が接触したようだ。

戦闘音が大きくなると同時に、T字路のほうから人影が駆けてくる。雇われ冒険者だ。

「ちくしょう、なんだあれは！　こんなところにいられるか、逃げるぞ！」

「リーダー、前！」

「なにっ!?　うわあああぁぁぁ!!」

全速力で逃げてきた冒険者の先頭が落とし穴にはまった。

「これで奴らを完全に閉じ込めたな」

「ええ、あとはモンスターにやられるか、落とし穴に落ちるかよ」

「そうだな……む、騎士団が後退してきたぞ」

見れば、先に進んでいた騎士団がモンスターに押されて戻ってきている。

すでに相当な犠牲が出ているようだが、まだオイゲンは生きている。

先頭に立って元気に戦っていた。

「チッ、しぶとい奴め……」

忌々しく思っていると、突如オイゲンが部下の騎士の腕を掴み前に放りだした。

投げ出された騎士はそのままデュラハンに両断されたが、オイゲンはその隙を突いてモンスターを突破したのだ。

「なにっ!?　あいつ、部下を盾にしやがったな！」

「まずいわよ、アレックスくん！　オイゲンの奴が魔王のところにまで！」

「分かってる。エイダはこのまま監視してくれ、俺が追う。危なくなったら脱出するんだぞ！」

俺はすぐに監視場所から抜け出し、罠を突破したオイゲンの後を追うのだった。

十五話　致命の一撃

ラストダンジョンこと魔王城の四十五階。

本来なら門番として召喚されたモンスターが守っている部屋にジェマはいた。

自室から持ってきた椅子に座り、同じく持ってきたワインを飲みながら罠の状況を確認している。

……という配置に作戦ではなっていたが、本人は罠のことなど気にしていなかった。

頭にあるのは、自分とアレックス。そして彼の近くにいるふたりの女性のことだ。

そんなことを考えていても絵になるほど美しいのは、やはり優れた容姿と身に纏った淫靡な雰囲気によるものだろう。

「はぁ……結局わたくしはアレックスにとってどんな立ち位置なのでしょう。恋人……ではありませんよね」

ため息を吐き、背もたれに寄りかかりながらグラスを傾けるジェマ。

彼女にとってアレックスは、初めて自分と対等に渡り合えた相手だ。

先代魔王のひとり娘である彼女は魔族の中でも飛びぬけて強く、孤独な存在だった。

そんなジェマにとって突然現れたアレックスという存在は特別なものになる。

アレックスも魔族だからと邪険にせず積極的に話しかけていたので、そんな彼に恋愛感情を抱くのはそう時間がかからなかった。

「一線を越えそうになったとき、あなたならわたくしの伴侶になれると思って受け入れましたのに。やっぱり体だけが目当てだったのでしょうか？」

辛そうに表情を歪め、グラスの中の紅い水面を見る。

隔絶した強さと人見知りによって完璧な箱入り娘だったジェマは、アレックスと交わったことで外の世界へ一歩踏み出す勇気を持てた。

だが、その先で目にしてしまったのが、クファナとエイダを抱くアレックスだった。

さすがの彼も、引きこもりのジェマが自分の後を追って出てくるとは思えなかったのだろう。

自分の中でアレックスを美化していたジェマにとっても、その光景はショッキングだった。

「わたくしの考えに何か足りないところがあったのでしょうか？　いったいどうすれば……」

一言で言えば、コミュニケーション不足だろう。

だが、ショックを受けて酒に酔っているジェマの頭には浮かび上がらなかった。そのとき、重々しい音を立てて目の前の扉が開かれる。ジェマが何事かと顔を上げると、そこには人影があった。

「いったい誰ですの……まさか、アレックス？」

僅かな期待とともに目を凝らすジェマ。

魔族の身体機能がアルコールを瞬時に分解して視界をクリアにするが、そこに見えたのは彼ではなかった。煌びやかな鎧を血と埃に汚した聖鈴騎士団団長のオイゲンだ。

「アレックス……くく、なるほど、先ほどの罠は奴の仕業だったか！」

ジェマの一言で自分を罠にはめた相手を悟り、笑い声を上げるオイゲン。

それを見たジェマは嫌悪感から表情を歪めた。

「気味が悪いですわ……何にせよ、見たことがない相手なら敵ですわね」

すでに精神的に参っていたジェマはまともに取り合うこともなく、片腕をオイゲンへ向け、思考する。次の瞬間、その指先から膨大な魔力が籠った雷撃が放たれた。

「来たか！　ぬぅぅぅんっ！」

だが、油断なく構えていたオイゲンは大きく横に跳んで回避。

その後、ジェマに向かって勢いよく足を踏み出す。

「魔王よ、死にさらせい！」

「冗談言わないでくださいませ。あなた如き、指一本も触れることは出来ませんわ」

剣を振りかぶるオイゲンに対し、ジェマは片手を薙ぎ払うように振るう。

すると、いくつもの雷球が生成されてオイゲンに殺到した。

その一つ一つが人間にとっては必殺級の威力だ。

「これで終わりですわ」

敵に殺到する雷球を見て力を抜くジェマ。

だが、オイゲンはそれを見ても笑みを浮かべていた。

「ふははは！　甘いわ魔王め、貴様のことなど研究済みよ！」

そう言うと、なんとオイゲンは自分に迫る雷球を剣で斬り落としたのだ。

「なっ……何をしたの？」

「数少ない証言から、貴様の得意とする魔法は雷だと分かった。そこで俺の剣に雷耐性の魔法をかけたまでだ！」

オイゲンはそのまま接近し、椅子に座っているジェマに剣を振り下ろす。

彼女は咄嗟に回避したが、座っていた椅子は粉々に砕かれた。

さらに、砕けた椅子の破片が飛び散り、そのうち一つがジェマの頬に傷をつけたのだ。

「んっ……血？」

「どうした魔王よ、指一本触れることが出来ないだと？　その傷を見よ、やはり天は俺に味方している!!」

自分に酔ったような笑い声を上げるオイゲンに対し、ジェマの瞳に怒りが宿った。

「ただの人間の分際でよくもわたくしに傷を！」

ここ最近の精神的ショックもあったのだろう。

いつもの淫靡な雰囲気や冷静さがなくなり、内側に溜まった負の感情が前面に出てくる。その中にはアレックスへの独占欲や、自分の前で彼に抱かれていたふたりの女性への嫉妬もあった。

「もう許しませんわ！　黒焦げにします!!」

ジェマは怒りに身を任せて雷撃を連射。だが、オイゲンは高笑いしながらもそれを冷静に受け流す。性格に難のある男だが、騎士団の団長として、剣の腕前は王国でもトップクラスだった。

理性の鈍ったジェマの攻撃ならば、なんなく受け流せている。

「よし、流れは俺のほうに来ている！　今こそチャンスだ！」

そう言うと、彼は懐から石で出来た二十センチほどの杭を取り出した。

魔族狩りに使われていたという祝福の施された石杭だ。

石杭を左手で隠し持つようにしながらジェマへ接近していく。

「ええ、離れなさい！」

「貴様が大人しくしておれば良いのだ。温情として一撃で決着をつけてやる！」

「冗談ではありませんわ！」

機関銃のように雷撃を放って距離を取るジェマと、それを剣で防ぎながら接近するオイゲン。

そのイタチごっこのような攻防に最初に我慢できなくなったのはジェマだった。

「いつまでもしつこいですわ、そこまで接近戦がお好みなら付き合って差し上げます！」

彼女は一瞬でブレーキをかけると、魔力を使って身体能力を強化。

そのまま瞬時に切り返して、突進してくるオイゲン目がけて拳を突き出した。

「ふふふ、こちらに向くのを待っていたぞ！」

だが、彼もジェマが自分に向かってくるのを今か今かと待ち望んでいた。

「ぬぅぅぅんっ！」

眼前に迫る拳を剣の腹で逸らすと、勢い余って突っ込んでくるジェマの足を蹴り上げる。

「くっ……！」

「貰ったあああ！」

バランスを崩した彼女へ持っていた石杭を振り下ろす。

白い石杭がジェマの胸元を貫き、その奥にある心臓まで突き立った。

「うっ、がはっ!?」

目を見開き、全身から力が抜けたように倒れるジェマ。

完璧な手ごたえを感じたオイゲンは獰猛な笑みを浮かべる。

そのとき、再び部屋の扉が開いてようやくアレックスが姿を現した。

◆　◆

俺が扉を開いて部屋に入ったとき、すでにジェマは胸に杭を突きたてられていた。

「まさか……おい、嘘だろ？」

衝撃的な光景に思わず立ち止まり、呆然としてしまう。

それを見たオイゲンが優越感に浸っている表情で笑った。

「ふははははは！　一足遅かったな、魔族のスパイめ。魔王はこの俺が討ち取った！　この勢いで残りの魔族も殲滅し、真に人間の時代を……なにっ!?」

まるで演説するかのように言うオイゲンの足元で、異常が起きる。

床に倒れ込んだジェマの胸元から膨大な魔力が漏れ始めたのだった。

第三章　魔王ジェマの暴走

一話　ラストダンジョンからの脱出

突如として倒れたジェマの胸元からあふれ出した魔力。

それは宝玉と同じ銀色をしていて、液体のように床へ広がる。

「これは、ひとまず退くか……なぬぅっ!?」

濃密な魔力の気配に危険を感じたオイゲンは離れようとするが、その衣服を掴んで引き留める者がいた。ジェマだ。

いつの間にか目を覚ましたらしい彼女はオイゲンの襟首を掴んで自分の下に引き寄せる。

「貴様、何をする！　止めろ、魔力が……ぐあああああっ！」

漏れ出た魔力が体に触れた途端、オイゲンが悲鳴を上げた。

「ジェマの魔力が体を侵食している？」

強力な魔力がオイゲンの持っている魔力を蝕み、身を守る魔力を失った体は銀色の魔力によって直に侵食される。

俺の目の前で、オイゲンが意思を持ったように動くジェマの魔力に呑み込まれていった。

「な、なぜだ！　俺は魔族を倒すために選ばれた……っ!!」

ついに全身を呑み込まれ、その場が静寂に包まれる。

「……ジェマ、ジェマ！　聞こえているか、無事なのか!?」

あまりの事態にその場から動けず、そう問いかける。

俺の声に反応した彼女がこっちを向いたが、その目を見て言葉を失った。

彼女の目は魔力と同じように銀色に染まっていたのだ。

「……あぁ、あぁぁ、心臓が痛いほど鼓動しています！　凄い、こんなに力が漲っているのは初めてですわ！」

そう言って獰猛な笑みを浮かべるジェマ。その姿からは、いつのも彼女の雰囲気が微塵も感じられない。ただならぬものを感じた俺は慌ててもう一度呼びかけた。

「ジェマ、俺だ、アレックスだ！　分かるか!?」

「アレックス……ええ、アレックス！　分かりますわ、わたくしの大事な人。ただ、すぐに離れてください。あなたの魔力、魅力的過ぎて襲ってしまいそうです！」

そう言うや否や、彼女の周りにある魔力が俺に目がけて襲い掛かってきた。

先ほどオイゲンの末路を見ていた俺は全力で回避する。

「あら、逃げないでくださいませ。またわたくしを抱いてくださらないの？」

「残念だが、今のジェマはちょっと遠慮したいな」

俺は体勢を立て直して身構える。目の前のジェマからはいつもの妖艶な雰囲気は感じられない。

代わりに、ピリピリとした殺気と獲物を見つめる肉食獣のような気配がある。

今のあいつは、さっきのオイゲンのように俺を侵食しようとしていた。

「さあ、そんなところで立っていないで、わたくしのほうにいらっしゃい！」

「お断りだ、ファイアウォール！」

俺は炎の壁を使って魔力を阻もうとしたが、銀の魔力は魔法を食い破って接近してくる。

濁流すら蒸発させて防ぐ壁は二秒も持たなかった。

「本格的にマズいな、一度撤退するしかないか！」

ジェマの様子は気になったが、ここにいたら確実に魔力に呑み込まれてしまう。

俺は後ろ髪を引かれる思いをしながら部屋から撤退した。

だが、銀の魔力はまだ俺を諦めていないのか霧状になって追ってくる。

液体から軽くなって速度も速く、通路一杯に広がっているから戻ることもできない。

「クソッ、このままじゃ追いつかれる！」

脚力を強化してなんとか逃げているが、もうギリギリまで近づいてきている。

そんなとき、前方にデュラハンとヒュージスライムの姿が見えた。

「もう罠にはめたところまで戻って来たか……待てよ、あそこを使えば一気に下まで行ける！」

俺はこちらを向いた二体のモンスターを躱し、その先に急いだ。

エイダの姿はすでにないようで、少し安心する。

その後すぐにモンスターは銀の魔力に呑み込まれ、何やら苦しみ始める。

次の瞬間には身に纏う鎧や体色が銀色に変化していくのが見えた。

「モンスターは呑み込まないのか？　仲間はしっかり判別するってことかよ！」

悪態をついているうちにも、侵食されたデュラハンとスライムが後ろから襲ってくる。

左手に兜、右手に大剣を構えたデュラハンが突進の速度をそのままに突きを繰り出してきた。

俺はそれを横に動くことで躱すが、すぐにスライムの追撃がある。

体の一部を変形させて突撃槍のように突き出し、俺を串刺しにしようとしていた。

「チッ、ケツを刺されるなんてお断りだ！　ファイアマイン！」

俺の背後に三つの火球が現れ、そのまま空中に浮遊する。

そしてスライムの槍がその真横を通った瞬間、火球が爆発した。

爆圧と炎で槍は砕かれるか溶けるかして、ようやく追撃の手が止んだ。

だが、喜ぶ間もなく後ろから銀の魔力が追ってくる。

「しつこいな、どれだけ俺を食いたいんだよ……いや、それよりもうすぐだ！」

俺の目の前には通路一杯の巨大な穴が開いている。落とし穴だ。

そして俺は、その底の見えない穴に目がけて飛び込んだ。

全身を浮遊感が襲い、すぐに猛烈な勢いで落下し始める。

「うおおおおおお!!」

俺は壁にぶつからないよう風の魔法で自身の位置を調節しながら落ちる。

上を見れば銀の魔力も追ってきているが、霧状になっている軽さが災いして、俺ほど速度を出せていない。

「よし、あとは無事に着地するだけだ……フラッシュバレット！」

俺は下階に向けて閃光弾を発射。

それが着弾することで落とし穴の底の位置を把握した。

「着地まで十、九、八……」

声に出して数えながらタイミングを計り、次の魔法の準備をする。

「四、三、二……今だ！」

俺は下から上に向けて突風を発生させる魔法を使用。

姿勢制御をしている風魔法を合わせ、何とか落下速度を減速させると穴の底に降り立った。さらに、頭の中にダンジョンの地図を思い浮かべ、通路に繋がる壁を、鋼鉄の砲弾を生み出して砕く。

「よし、繋がった！　さっさと逃げるとしよう」

通路に出ると、そこはダンジョンの一階だ。

どうやらここまでは銀の魔力の影響は及んでいないらしい。

俺はひとまず安心すると、自分で開けた穴を瓦礫で埋め直す。

魔法ではなく、無機物で蓋をすれば少しでも時間を稼げるかと思ったからだ。

その後は邪魔をするモンスターを片手間に殲滅しながら脱出。

何とか銀の魔力に呑み込まれないまま逃げることが出来た。

念のためダンジョンの近くからも離れ、ようやく腰を下ろす。

「ふぅ、なんとか逃げ切れたか……しかし、ジェマはいったいどうなったんだ？」

彼女の様子は明らかにおかしかった。

死んでいないことは喜ばしいが、今のジェマをいつもと同じとは思えない。

ふとダンジョンを見上げると、その頂上付近が銀色の霧で覆われていた。

「もうあんなに多くの魔力を生み出したのか……早くなんとかしないとヤバそうだな」

俺はひとまず対策を練るため、クファナとエイダが待つ宿屋へ戻るのだった。

二話　再攻略の始まり

恐ろしい銀の魔力から逃げ切った俺は、その足で宿屋に帰還する。

宿とラスダンはお隣とはいえ隣接している訳ではないので、しばらくは安全なはずだ。

「おい、帰ったぞ。エイダも無事に帰ってきてるか？」

扉を開けてそう呼びかけると、奥からクファナが出てきた。

「アレックス！　こっちは大丈夫よ……って、その姿どうしたの!?」

俺を見たクファナはかなり驚いた表情をしている。改めて自分の姿を見てみると、土埃や擦り切れで服がボロボロだった。これは驚かれても無理はないな。

「見た目は酷いが怪我はない、大丈夫だ」

そう言って近くにあった椅子に座り、一息つく。すると、奥からもうひとり、エイダも出てきた。

「ずいぶん大変だったみたいね。はい、これ飲みかけだけど」

「ああ、ありがとう。そっちも無事に脱出できたみたいだな」

彼女から受け取ったグラスの中身を一気飲みし、そう返した。

「ええ、オイゲン以外の全滅を確認してから、アレックスくんに教えてもらったショートカットでね。いったい中で何があったの？」

俺の姿を見て尋常ではないと悟ったんだろう。エイダの問いかけてくる声はいつもより硬かった。

「ああ、実はあのあと……」

それから、ふたりに俺が見てきたことを伝えた。オイゲンとジェマが戦い、ジェマが胸に石杭を突き立てられたこと。それから目覚めたと思ったら、大量の魔力を放出しながら性格が変わっていたこと。最後に、銀色の魔力がモンスターを凶暴化させ、人間を狙っているということ。

その全てを聞いたふたりはしばし呆然としていた。

「……俺が見てきたのは今言った通りだ。今のジェマは何かおかしくなってる」

あの石杭が関係していることは明らかだが、詳しいことは分からない。

俺も最近深い関係になったばかりで、ジェマのことや魔族のことにはあまり詳しくない。

情報がなくて頭を抱えていると、ふとクファナが呟く。

「……もしかしたら、このままだとジェマが死んじゃうかも」

「クファナ、それはどういうことだ？」

顔を上げて問いかけると、彼女も椅子に座って話し始める。

「ほら、あたしって国王の建て前に乗せられて、魔王を弱らせると信じて宝玉を奪おうとしてたでしょ？」

「そうだな。それと何か関係があるのか」

クファナは頷き、話を続ける。

「だからあたし、魔王についてちょっと調べてたこともあるのよ。そのときに聞いた昔話か何かに今回のと似たような話があったのを思い出したの」

「そんなものがあったのか……ぜひ聞かせてくれ。今はどんな情報でも欲しい」

「うん、分かった」

それから、クファナは記憶を掘り起こしてその昔話をしてくれた。

その内容はこうだ。

昔々、ある神託を受けた勇者が人間の領土を侵略する魔王を倒そうと立ち上がった。

しかし、魔王の体は強靭で、たとえ致命傷を負ったとしても膨大な魔力を生み出して回復してしまう。今まで魔王に立ち向かった勇者は数多くいたが、誰も討ち果たすことは出来なかった。

しかし、神託を受けた勇者はその回復力を利用して魔王を倒す方法を知っていた。

それがあの魔族狩りに使われていた石杭だというのだ。

元々石杭は一部の人間の間で魔族狩りの象徴とされていたが、特別な力はもっていない。

そこで同じく神託を受けた神官に祝福を施され、魔族の魔力を受け流す力を持つに至った。

それを魔王の心臓に突き立てれば、傷が回復できないまま膨大な魔力を放出し続けることになる。

いずれ魔力切れになった魔王は自滅するという寸法だ。

勇者は仲間と協力して石杭を魔王の心臓に突き立て、魔力を放出させた。自分でも制御できないほどの魔力に呑まれた魔王は暴走し、一日で一つの都市を破壊したという。そして、七つ目の都市を半壊させたところで魔力が切れ、ついに死んだ。これがクファナが聞いたという昔話だ。

「……つまり、ジェマの命は持ってあと一週間か」

「それまでに石杭を取り除かないと、彼女は死ぬってことね」

俺の言葉にエイダが続ける。

魔王によって魔力の個人差はあるだろうが、おおよその目安としては役立つだろう。

「よし、幸い時間は残されていることは分かった。俺はジェマを救いに行く」

そう言うとエイダが目を見開いた。

「アレックスくん、本気なの？　話を聞く限り、銀の魔力のせいでモンスターも凶暴になってるみたいじゃない。いくらあなたでも無事じゃすまない。そこまでして彼女を救いたい？」

その視線はこれまでにないほど鋭いものだった。いつもの気の良いお姉さんなエイダではなく、数々の修羅場をくぐった諜報員としての顔だ。熟練の冒険者としての経験も合わさって、見た目からは想像できないほどのプレッシャーを放っている。だが、しかし……。

「助けるぞ。何せ、取り逃がしたオイゲンが原因の事態だからな。責任は俺にある」

「そう……それだけ？」

探るような目つきで問いかけてくるエイダ。

「まさか！　一度手に入れた女をそう簡単に諦められるかよ。それに、ジェマがいなくなったら宿屋の商売が出来なくなる。絶対に助けるからな！」

そう宣言すると、エイダは表情を崩して苦笑した。

「ふふっ……うん、アレックスくんはそういう人だもんね。いいよ、私も協力する」

「いいのか？　お前の言ったように危険だぞ」

「修羅場には慣れてるわ。それに、ジェマのあとに出てくる魔王が凶暴な奴かもしれないじゃない。王国にとっても、今の魔王のままでいてもらったほうが良いもの」

どうやら利害は一致したようだ。そこで、俺は残ったひとりに視線を向ける。

「クファナ、お前は……」

「なによ、まさか今さらどこかに行けなんて言わないわよね？」

彼女はいつものように強気な笑みを浮かべてそう言った。

「あたしを蚊帳の外に置いておくなんて許さないわよ。これでもラストダンジョンまで実力でたどり着いた冒険者なんだから」

「……そうだな、試練を突破したクファナにはラスダンへ入る権利がある」

そう言うと彼女も笑みを浮かべて頷いた。

「あたしだってただウェイトレスをしてたわけじゃないわ。お客さんから攻略に役立つ情報を教えてもらったり、トレーニングだって欠かさなかったわよ」

「そりゃあ頼りになりそうだ。でも、その前にもう少し情報収集だな」

そう言って窓からラスダンの様子を眺める。相変わらず上部には銀の魔力の霧がかかっており、様子はうかがえない。攻略するには、あの魔力の特性や内部の情報を知る必要があった。

「よし、もう一度ラストダンジョンを攻略するためにふたりの力を貸してくれ」

「もちろん！　この宿にはいつもお世話になってるしね」

「あたしもようやくここでの生活に慣れてきたところよ。石杭一つで台無しにはさせないわ」

ふたりの言葉に俺も頷く。こうして、俺たちのラストダンジョン再攻略が始まったのだった。

◆　◆

その翌日、俺たちがまず始めたのは、銀の魔力の調査だ。

エイダとふたりでダンジョンの下層に侵入し、どういった条件で動いているのか確かめた。

人間とモンスターへの影響以外に分かったことは二つ。

銀の魔力の影響で凶暴化したモンスターは魔法への耐性が強くなっていること。

それと、一定時間が経つと人間への敵意をなくして、ただの霧状の魔力になること。無害化するまでの時間はおおよそ六時間だな。このお陰で下層では銀の魔力を警戒する必要が薄くなった。

上から魔力が降りてくるのに時間がかかるからな。ただし、モンスターの凶暴化は永続的に機能する。こればかりはモンスターを倒さないとどうしようもならない。

「地道にモンスターを排除しつつ、上っていくしかないな」

「そうだね、アレックスくんがいつも使ってた隠し通路も塞がってたし」

そう、ショートカットできる通路の大部分が塞がっていたことも、頭の痛いところだった。

お陰で普通の冒険者のように一階ずつ上っていかなければならない。

都合が悪いことこの上ないが、通れない以上は仕方なかった。

辛うじて塞がっていない通路もあったが、罠の可能性が高いので使えない。

その調子で調査を続けること丸一日、ダンジョン内部の様子も見えてきたことで一度宿へ帰ることに。留守を預かってくれていたクファナに迎えられ、風呂に入って疲れを癒す。

次の日はクファナとともにダンジョンへ入り、引き続き内部の調査。

こうして二日間を事前の準備と下調べに当て、三日目から万全の体制で攻略に取り掛かることにするのだった。

三話　エイダの夜這い

再攻略を開始してから二日目の夜、俺は自室で明日の本格攻略の準備の確認をしていた。

三日目からは中層以上にも上るので、俺ひとりで行くことに。

下層は銀の魔力の侵食が比較的少ないのでふたりも同行できたが、それ以上となると危ないからだ。彼女たちは渋ったが、いざというとき素早く撤退するためひとりで行きたいと説得し、理解してもらった。

「ふう、持っていく物はこれでいいか」

机の上には銀の魔力対策として用意した道具がいくつかと、携帯食料や魔法陣の描かれたスクロール。どれも腰に付けるポーチへ収まるサイズだ。

「鎧を着るわけじゃないし、なるべく軽装のほうがやりやすいからな。しかし……」

背もたれに体重をかけ、天井を見ながらため息を吐く。

「やっぱり、あのときもう少しフォローできていれば良かったな」

思い返すのは、騎士団がやってくる前。四人で会議をしていたときだ。

あのときのジェマは、俺がクファナとエイダを抱いているのを見て動揺していた。

今回オイゲンに石杭を突き立てられてしまったのも、そのときの動揺がぬぐい切れなかったからではないか。

そう考え、俺はさらに重い責任を感じていた。

「……アレックスくん、どうしたのそんなに思い詰めた表情して」

「うおっ!? エ、エイダ、いつの間に入ってきたんだ?」

突然後ろから話しかけられ、飛び上がらんばかりに驚いてしまう。

話しかけられるまで気配を感じ取れなかった。

「何か考え事してるみたいだから、今なら行けるかなーって。どうやって入ったかは企業秘密だよ」

そう言って唇に指を当て、笑みを浮かべるエイダ。

どんな状況でもユーモアを欠かさないのは彼女らしい。

「それで、何を悩んでたの? まあ、十中八九ジェマのことだよね」

「ああ、そうだ。騎士団のことに注意が向いて、あいつのことを気にかけてやれなかったからな」

エイダ相手に強がっても仕方ない。相手は諜報のプロだ、嘘などすぐバレてしまう。

なので素直に白状すると、彼女は前に移動してきて俺を椅子から起こした。

「もう、大事な日を前にしてつまらないことで悩んでるね」

「つまらない……だって?」

まるで俺の苦悩など大したことないというような言葉に少し頭にくる。

だが、エイダは気にせず俺をベッドへ押し倒した。

「おい、何するんだエイダ」

少し睨みながら言うと、彼女は肩をすくめる。

「おお、怖い。でも普段より鋭さが鈍ってるのはジェマのことで悩んでるからじゃない? その調子なら、本当に彼女の二の舞になるだけだよ」

「それは……そうかもしれないが」

「だったら、面倒なことを考えるのは彼女を救った後にしなさい。少しの間忘れていられるよう、お姉さんが慰めてあげる」

エイダはそう言うと、俺に覆いかぶさって顔を近づけてきた。

普段、女相手にするのと立場が逆だが、まあいいかと開き直って彼女を受け入れる。

「んっ、ちゅ、れろっ……ふふ、私が自分から誘うなんてめったにないんだから」

少し顔を赤くしながらそう言って、行為に移りやすいよう服を乱す。

俺も手を伸ばして彼女の上着を脱がし、下着の中に手を潜り込ませて胸を愛撫する。

「んうっ、やっぱり最初はそこなのね……あんっ！」

「この体勢だと一番弄りやすいからな」

そんなふうに話しながらも両手を使って乳房に刺激を加えていく。

ほどよい大きさの柔肉が俺の指によって形を歪めている姿に次第と興奮してくる。

「もう、私がするって言ってるのに……このっ！」

反撃にエイダが俺の肉棒を掴み、そのまま擦り上げる。

その慣れた手つきに否応なく興奮は高まり、すぐに全開まで硬くしてしまった。

「やっぱりすごく大きい……こんなの見せつけられたらもう我慢できなくなっちゃうよ」

少し熱っぽい声でそう言うと、体を起こして騎乗位の体勢になる。

そして、自分で下着をずらして早速秘部に押し当てた。

「焼けちゃうくらいに熱いよ、ここで感じるとますます興奮してきちゃうね」

「ああ、俺も我慢できなくなりそうだ。焦らされると押し倒すかもしれないぞ？」

「慌てないで、すぐに入れてあげるから……んくっ！　あっ、入ってきたぁ！」

エイダは肉棒を立て、そこに自分から腰を落としていく。

元々そのつもりだったからか、あるいは俺の愛撫のおかげか、すでに秘部は十分なほど濡れていた。硬い肉棒が柔らかいヒダに歓迎されながらエイダの奥へ奥へと入っていく。

「はぁはぁ……これで全部入ったかな？　はは、子宮が突き上げられちゃってるよ」

息を荒げながら笑みを浮かべるエイダ。

彼女の言う通り、一番奥まで入り込んだ俺のものは彼女の子宮口を突き上げていた。

騎乗位なので、足に力を入れていないと体重で奥まで突き入れられてしまうのだ。

「俺も感じるぞ、一番奥までいっぱいにされてエイダの中が喜んで締めつけてるのを」

肉棒を根元まで呑み込んだ膣内にはもう余分なスペースがないほどだ。

クファナほどキツキツではないものの、このままでも十分な刺激が得られる。

「んっ、でも動いたほうが気持ち良いよ、こんなふうにっ！　んあっ、あふっ！」

エイダは俺の胸に手を置くと腰を動かし始める。

最初はゆっくりと、その後徐々に動きを激しくしていく。

「あんっ、んんっ！　どうかな、結構上手いでしょう？　乗馬も得意なのよ」

「馬にも乗れるとは知らなかったな。だが……ぐっ、確かに上手い！」

慣れているというだけあって、腰を動かしている間も体の軸がぶれていない。

おかげで肉棒は全方位からの刺激を受け止めなければならず、性感は加速度的に上昇していった。

それに加え、腕を前に置いているからか胸が寄って強調されている。

動くたびに大きく揺れる柔肉で視覚的な興奮も十分すぎるほど与えられていた。

「さっきで限界だと思ってたのに、まだ硬くなってる！　また中が擦られて……ひゃっ、きゃふっ！」

そして、快楽を感じているのは俺だけではない。

エイダも俺のでしっかり感じていた。腰を下ろせば入り口から子宮口まで突きほぐされ、上げれば中身が引きずり出されるような刺激を受ける。

そのたびに刺激を受けた膣内は締まり、更なる快感を生み出していた。

「んくうっ、あん！　私の奥まで入れるの好きだよね。全部呑み込んで締めつけるとビクビクってなるもん。私もアレックスくんでお腹の中をいっぱいにされると頭がフワフワしてきちゃう」

艶の乗った声でそう囁くと、エイダが一気に腰を押し付けてくる。

「ぐっ……うおっ……」

「ぁああっ！　いいよ、一番奥まで来てる！」

彼女はそのまま腰をグリグリと回しながら刺激した。

膣内のヒダが肉棒に絡みつき、俺を快楽に溺れさせようとしてくる。俺は思わずエイダの腰を掴んで下から突き上げようとしたが、それは彼女に押さえられてしまった。

「だーめ、今は私の番なんだから！　あん……っくう！」

俺が動かない代わりとばかりに激しく腰を上下させるエイダ。

繋がっている部分からは蛇口の水漏れのように愛液が垂れ、引き締まった尻がぶつかるたびに乾いた音が鳴る。

顔を上げてみれば、もう限界が近いのかエイダの口も開きっぱなしになって喘ぎ声を垂れ流していた。

「ひゃぁ、あう、うんっ！　イク、イクよっ、もうきひゃうっ！」

発音もおぼつかなくなるほど感じていながらも、彼女の体に染み込んだ動きは俺たちを絶頂へ押し上げていく。最後の瞬間、俺はエイダの腰を思い切り引き寄せて最奥を突き上げた。

「つぐううう！」

「ひゃひっ!?　イクッ、イクイクイクッ!!　あっ。あぐうううううっ!!」

絶頂に至り、ガクガクっと痙攣するエイダの体。

俺はそれによる締めつけを味わいながら子宮に向かって射精した。

煮えたぎった欲望が噴き上がり、彼女の胎内を真っ白に汚していく。

「いっ、ああっ……かふっ！」

腰を震わせるたびに声を漏らすエイダを見上げながら最後の一滴まで注ぎ込む。

そのままふたり共、絶頂の縁から這い上がってくるまで、快楽を享受するのだった。

四話　立ち直り

絶頂して腰を抜かしたエイダを抱き続けること数分、ようやく彼女の表情に理性が戻ってきた。

「なかなか凄いイキっぷりだったぞ、エイダ」

「うぅ、流石にちょっと恥ずかしいかな……」

俺に見つめられて頬を赤らめるエイダ。いつもより少しだけしおらしい彼女の姿に頬がゆるんだ。

こんな顔を見せてくれるのはきっと俺の前でだけだろう。

そう思うと、先ほどまで落ち込み気味だった気分も上を向いてくる。

我ながら現金だと思うが、やはり本能には逆らえない。

「……どうしたの、アレックスくん？」

沈黙していた俺を怪しく思ったのか、エイダが声をかけてくる。

「ちょっと気分が下向きになってたと反省したんだ」

そう言って彼女の肩を掴み、そのままベッドへ押し倒す。

「きゃっ！　もう、いきなり……まだ足りないの？」

「もちろん。もう何日もやってなかったんだ、一回くらいで治まるはずないだろう？」

エイダの腰を掴んで自分のほうへ近づける。

すると、彼女も自分から膝裏を掴んで脚を開かせる。

「やっといつものアレックスくんが戻ってきた感じ。いいわ、もっときて！」

誘われるまま、俺はいきり立った肉棒を再び挿入し始める。

一度ほぐしきったからか、エイダの秘部は抵抗らしい抵抗もなく俺を受け入れた。

腰を前に進めればそれだけ奥に入っていき、肉棒全体を柔肉が包む。

互いの腰がぴったり密着するまで押し付けると、先端が最奥に当たる感覚があった。

「んくっ、はぁはぁ……いっきに奥まできたぁ……」

絶頂は過ぎ去ったとはいえ、まだ敏感なんだろう。

再び侵入していった肉棒に刺激され、エイダの体がピクピクと震えた。

俺は一度最奥まで挿入すると腰を止め、そのまま彼女に話しかける。

「ありがとうな、エイダ。お陰でいつもの調子に戻れた」

「じゃあ、もう私はお役御免かしら？」

「まさか！　俺はもう誰も諦めないぞ。エイダもこの件が解決したらうちに転職するといい」

そう言うと、彼女は一度目を丸くして笑った。

「ふふっ、いつものアレックスくんよりちょっと強引ね。それも嫌いじゃないわ。でも、今の仕事も好きなのよね」

「確かに諜報員はスリルもあるし、給料も良さそうだ」

ベッドに手をつき、彼女の顔を見下ろす。

「自由を得られる転職先はうちだけだと思うけどな。国王だってそう簡単に文句を言ってこないだろうし」

優秀な諜報員である彼女はいろいろな秘密を知ってしまっているだろう。

王国の中にはエイダを消して証拠隠滅しようとする輩もいるはず。

例えばそれは、普通の人間では抗えない王侯貴族かもしれない。

だが幸運にも、俺はそんな奴らからエイダを匿《かくま》える程度の実力を持っている。

「俺はお偉い方々の秘密になんか興味はないし、エイダが来てくれるならそれだけで大歓迎だ」

「確かに魅力的ね、ゆっくり暮らすにはここ以上の場所はないかも。考えておくわ……ぁんっ！」

「そう言って何人の男を煙に巻いてきたんだ？　俺はそう簡単に振り切れないからな」

俺は腰を動かし、エイダに快感を与え始める。経験のある彼女でも絶頂のあとに体を平静に保つのは至難の業だろう。そこを狙って突き崩しいく。

「んっ、あうっ！　奥まで突きほぐされてっ……！」

「エイダのの気持ちいいところもちゃんと分かってるんだ、堪えられると思うなよ」

「さ、さっきの言葉は訂正。いつもより強引よっ！」

与えられる快感に息を乱しながらもそう言うエイダ。それに対して俺は笑って頷いた。

「ああ、もう悩むのは止めた。クファナもジェマも、もちろんエイダも、全員俺の女だ。暴走しているなら殴ってでも正気に戻すし、王国が文句を言ってきたら戦ってやる」

吹っ切れてそう言うと、心の中がスカっとしたような気分になる。

やはり、面倒なことを考えるのは良くない。自分の欲望に素直になるのが一番だ。

「あんっ、あっ！　きゅふっ！　ほ、本当に激しくなってる！」

嬌声を上げながらも与えられる快感に耐えているエイダ。

やはりそう簡単には堕ちてくれないか。

「エイダ、そんなに俺のところへ来るのが嫌か？」

「はぁ、んくっ……嫌じゃないわ。アレックスくんのことは好きだし」

「じゃあ遠慮することもないな、全力でしてやる！」

彼女の腰をしっかり掴むと宣言した通り全力で動かす。

肉棒が勢いよく動くと当然のように刺激も生まれ、それに反応するようにエイダの中は締めつけてきた。一戦終わった後にもかかわらずその締まりは上々で、緩さを感じさせない。

俺は締めつけられた膣内を構わず蹂躙していく。

「はうっ、あん！　くっ、はぁはぁ！」

「エイダ、また息が荒くなってきてるぞ。もっと俺が欲しいんだろ？」

問い詰めるようにそう言うと、とうとう彼女が音を上げた。

「んくっ……欲しい、もっとアレックスくんを感じたいの！」

自分の言葉で顔を赤くしながら俺を求めてくる。

その様子に興奮も高まり、腰の動きを一段と激しくした。

「ああ、いくぞ！　感じすぎておかしくなるなよ！」

エイダが俺に足を絡めてくるのを感じながら、膣内を突く。

限界まで勃起した肉棒が入り口から子宮口まで擦り上げ、エイダに膨大な快楽を与えた。

「あんっ、あっ、きゃふ！　アレックスくんのが私の中で暴れてる！」

味わっている快感の大きさを表すように絡ませた脚で俺の背中を締める。

それによって肉棒がさらに奥まで入り込み、子宮口を突き上げた。

「ぐうっ、こんなに締めつけてくるのは初めてだ!」

「私もこんなの初めてだよ。頭がおかしくなっちゃいそうっ!」

ビクビクっと膣内を締めつけながら言うエイダ。与えられた刺激で限界が近づいているのは手に取るように分かった。なので、それを助長するように大きく腰を動かす。

「んっ、ぐうっ! きちゃうよ、アレックスくん!」

「ああイけ、俺も溢れるくらいに注ぎ込んでやるからな!」

エイダの痴態に興奮し、いつもより荒々しい声で言い放つ。

すると、それに反応したかのように彼女の中が締めつけられた。

「はひゅっ……イクッ、イクよっ! イックゥゥウウウウ!!」

「ぐっ、うぅ……!」

絶頂とともに収縮する膣内、その奥へ子種をまき散らす。

「ううっ!? またきたっ! 熱いのがお腹いっぱいになってるよっ!」

エイダの嬌声を耳にしながら、俺も疲労感からベッドに肘をつく。

それを見た彼女は俺の背中に手を回して抱きしめてきた。

「はぁはぁ、結局またやられちゃった……」

苦笑いしながらそう言ったエイダに抱かれながら、しばし心地よい疲労感を味わうのだった。

五話　ラスダン再攻略

翌日。俺はいよいよラスダン上層の攻略へ取り掛かり始めた。

これまでの調査である程度内部の様子は探ってある。銀の魔力の性質も掴むことができたので、対策も取った。これで前のように逃げ回らずに済むはずだ。

「さて、じゃあ再攻略を始めるか。正面からラスダンを攻略するなんて久しぶりだな」

エイダとクファナに留守を任せ、駆け足でダンジョン内部を進んでいく。

「よし、こっちの通路だ……ふっ！」

脳内の地図を頼りに、一つ二つと階段を駆け上がっていく。

途中でモンスターにも出会ったが、極力無視。

出来るだけ交戦を避けて進行速度を落とさないようにする。

それでもショートカットを使っているいつもよりは、はるかに鈍足だった。

「焦るなよ、多少遅れたくらいで問題ない。まだ何日か時間は残ってるんだからな……む」

途中、俺は足を止めた。

進もうとしている道が途切れていたからだ。

正面に壁があり、そこで行き止まりになってしまっている。

「道を間違えたか？　いや、ここを通らないと階段へ行けないはずだ。それに通路を完全にふさぐことは出来ないはず……」

魔法を使って内部の空間を広げている以上、魔力を通すために上から下まで通れる通路を開けておかなければならない。完全に封鎖すれば、魔力が通らなくなってダンジョンが崩壊してしまう。

「ジェマに新しく通路を作るほどの思考が残っているとは考えにくい。となると、やっぱりここに道はある！」

俺はその場から数歩後ろに下がると、右手を前に出して魔法を発動する。

「よし、まずは姿を現してもらうか」

次の瞬間、巨大な水球が生み出されて正面の壁に投射される。すると、直撃を受けた壁が揺れ動いた。ど真ん中を濡らされた壁はそのままひび割れ、そのままボロボロと崩れ落ちる。

そして、その奥に見えたのは無数のコボルトだった。

「やっぱりそうか。たまにダンジョンの地図が変わるときはこいつらの仕業だからな」

そして、よく見ればコボルトたちの毛並みには銀色の箇所があるように見える。

間違いなく銀の魔力に侵食され強化されていた。

「この分だとあちこちに壁を作ってやがるな。これ以上面倒を起こさないよう、今ここで片付けてやる！」

俺が駆け出すと、それを見たコボルトたちもツルハシを持って襲い掛かってきた。

普通は人間と鉢合わせしたら逃げるはずなので、やはり侵食されていることが分かる。

「その程度の武器で俺とやれると思うか！」

まずは手始めに、先頭にいる数体に向かって燃え盛る火球を発射した。

コボルトはツルハシを振るって火球を迎撃したが、鋼鉄製のツルハシごと燃やし尽くされる。

「おっと、魔力を込め過ぎたか」

銀の魔力の影響を受けたモンスターは魔法への耐性が強くなっている。

念のためにいつもの二倍の魔力を込めて撃ったが、やり過ぎだったようだ。

「じゃあいつもの五割増しにするか。代わりに数が多めだがな！」

俺はその場で足を止め、後続のコボルトたちへ機関銃のように火球を浴びせかける。

猪突猛進してくるコボルトはいい的で、次々に直撃を食らって倒れていった。

「このまま残らず殲滅して……っ！」

そのとき、背後に何かの気配を感じて咄嗟に横へ飛ぶ。

数瞬前まで俺がいた空間を、何かが猛烈なスピードで通過していった。

それはまだ生き残っているコボルトの群れに突っ込み、グチャっと広がる。

銀色に広がった液体のようなものは近くにいたコボルトを飲み込み、その場で体を持ち上げる。

「……あれは、あのときのヒュージスライムか！　ということは！」

視線を背後に移すと、そこにはやはりデュラハンがいた。どちらも騎士団を罠にはめるときに使ったモンスターだ。

「しつこい奴らめ、俺が戻ってくるのを待ってたのか？」

俺はその執念深さに苦笑いすると、その場で構える。

「また追ってこられても面倒だ。決着をつけてやる！」

その言葉に反応するようにスライムとデュラハンが攻めてくる。

「触れたらヤバいお前のほうが先だ！」

まずはスライムのほうを向き、先ほどと同じように火球を連射する。

回避をしないスライムは直撃を食らってジュウジュウと音を立てるが、少し蒸発しただけだ。

いつもならこれで決着がつくはずだが、やはり魔法への耐性が強化されているらしい。

そのまま俺を飲み込もうと突っ込んでくる。

「怯まないってのはやっかいだな。いや、お前のほうは元々だったが！」

スライムの突進を避けるのと同時に、反対側からデュラハンが剣を振り下ろしてきた。

「真正面から来るならやりやすい。シールドバッシュ！」

身体を反転させ、目の前に魔法の盾を作り出し、相手の攻撃を迎え撃つように押し出す。

剣の攻撃を盾で阻み、そのままデュラハンを弾き飛ばす。

「よし、この隙にスライムのほうを片付ける！」

見れば、奴は再び俺のほうへ突進しようと身を縮めていた。

そして液体状の体をバネのように使って飛びかかってくる。

「もう一度だ、シールドバッシュ！」

今度は少し下へ向くように盾を生み出し、そのままスライムを地面へ叩き落す。

「簡単に燃えないなら、燃えやすいようにしてやるまでだ」

さらに叩き落としたスライムへ連続で盾を叩きつける。

柔らかいスライムの体がうどん生地のように伸ばされ、平べったくなっていく。

「今度は綺麗に焼けろよ、ファイアウォール！」

スライムの中心に生み出した炎の壁がケーキを八等分するように外側へ向かって走り、薄くなったスライムの体を焼き切って分断。さらに小さくなった破片を燃やし尽くした。

そして今度は、その炎の壁を突き破るようにデュラハンが襲い掛かってくる。

「クソッ、休む暇もないか！　アンデッドのくせに炎の中に突っ込んできやがって！」

悪態をつきながら、今度は魔力を消費して大量の水を呼び出す。生み出された水は、デュラハンへむけて鉄砲水のように殺到した。奴はその場に踏みとどまるのに必死で動けなくなっている。

「今度こそ大人しくしてもらうぞ。アイスバレット！」

そこへ普段の数倍の魔力を込めた氷弾を撃ち込んだ。

それが水の流れに着弾した途端、その場所から水が急速に凍っていく。

数秒後には、まるで冬の滝のように凍った水と、その中に囚われているデュラハンの姿があった。

「トドメを刺す時間も惜しいな、先に急ごう」

この氷は普通のとは違うので自然に溶けることもない。

凍り付いたデュラハンをその場に放置し、俺はダンジョンの攻略を急いだ。

それからいくつか偽の壁を破壊し、立ちふさがるモンスターをねじ伏せ、あるいは回避しながら上へ上っていく。そして数時間後、ようやく門番のいる部屋の前にたどり着いた。

「はぁ、ふぅ、ここまで走りっぱなしは流石に疲れたな……」

膝に手をついて大きく息を吐く。だが、もう一歩だ。

ここを越えればジェマのいるであろう居住区に入ることが出来る。

俺は意を決して部屋の扉を開けたのだった。

六話　銀色の巨像

扉を開け、部屋の中へ入ったがそこは真っ暗だった。

どうやら照明が全て消えているようだ。

「なんだ、闇討ちでもする気か？　ならこっちも……」

暗視用の魔法を使って視界を確保しようとしたとき、目の前で赤い光が灯った。

「……ふん、まさかその光を目当てに来いってわけじゃないだろう。早く姿を現せ」

そう言うと、俺の言葉に応えるように部屋の照明が点灯していった。

そこで、ようやく目の前にいる相手が全身銀色の輝きを放っていることに気づいた。しかも大きい。平均的な人間の二倍以上、四メートル近くの大きさがあった。

「お前、これは……ははは、そうか！　ジェマの仕業か！」

全身像が見えてきたところで相手の正体を悟った俺は笑った。

ゴーレム。それも魔法に高い耐性を持つといわれているミスリルゴーレムだ。

さらに、今回は銀の魔力に影響されることでさらに耐性を強めているだろう。

俺のような魔法使いには天敵ともいえる存在だ。

「ジェマ、俺ひとりの為にこいつを召喚したのか？　だとしたら光栄だな」

まだ見ぬ魔王に向かってそう言いながら笑みを浮かべる。

門番クラスのモンスターを呼び出すには、たとえジェマでも無視できないレベルの魔力を消費する。今の彼女の状態でそれをやるのは自殺行為だから、奥の部屋に転がっている宝玉を使ったんだろう。前に来たとき、俺は宝玉を回収しなかったからそのまま残っているはずだ。

一度呼び出してしまえばそう簡単に召喚し直すことは出来ない。

なのに、対魔法使いに秀でたモンスターを召喚したということは、それだけ俺を警戒しているということだ。

「本当に厄介だな……」

ミスリルゴーレムを見上げてため息を吐く。

奴の胸にはこぶし大の銀色の宝玉がはまっていて、それがエネルギー源になっていることがうかがえた。

「都市一つのエネルギーを賄い続けられる宝玉。燃料切れは期待できなさそうだな」

逃げ場もない以上、こうなるとまともに戦うしかない。

俺がその場で構えると、ミスリルゴーレムも動き出した。

まず左足を一歩踏み出し、俺に向かって右の拳を振り下ろしてくる。

「ふん、当たってやるかよ」

俺は大きく横へ飛ぶと、そこからゴーレムの脇に目がけて氷弾の魔法を連射する。

大抵のゴーレムは関節部の耐久値が低い。

脇やくるぶしなど脆い部分を攻撃すればいずれ崩れるはずだが……ミスリルゴーレムは例外なようだった。

奴の装甲に触れたと思った瞬間、氷弾が粉々に砕け散った。

その光景を見て俺は目を剥いた。

「なに、傷一つ付かないだと!?　マズいな、予想以上の硬さだ」

装甲が薄いと思われる脇の部分でも攻撃を無効化される。元々魔法への耐性が高いミスリルゴーレムだが、銀の魔力の効果で想像以上に能力が高まっているようだ。

元々銀色のゴーレムだからどこまで魔力に侵食されているのか分からず、判断を誤ってしまった。

「くっ……！」

そうこうしている間にもミスリルゴーレムは攻撃を仕掛けてきた。

城壁さえも崩せそうな太い腕で俺を叩き潰そうとしてくる。

「流石にそれには当たらないさ」

咄嗟に身体能力を魔力で強化して避ける。

少し前まで俺のいた場所に拳が突き刺さり、石畳が割れて飛び散った。

その内のいくつかが体に当たって傷を作ったが、気にしていられない。

ゴーレムの拳は半分ほど床に埋まり、どれだけに威力があったか物語っている。

「まともに食らったら一撃であの世行きだな。床の汚れになって人生を終えるなんてまっぴらごめんだ！」

気を取り直し、相手の攻略法を考える。

幸い俺が身体強化の魔法を使う分には問題がない。

何とかして回り込み、首や頭と言った柔らかそうな部分に攻撃を撃ち込めばどうにかなるだろう。

「さあ、行くぞ。ゴーレム！」

俺は奴に相対するとそのまま突っ込んだ。

ゴーレムは巨体だけに攻撃の予備動作も大きい。

相手が腕や足を動かした時点で、その後の動きをある程度予測できる。

俺のほうが小回りが利くという点を生かし、相手の攻撃の届かない地点へいち早く移動していく。

「どうした、こっちだぞ！　アイアンキャノン！」

一抱えはある大きい砲弾サイズの鉄塊を生み出し、発射する。狙いはくるぶしだ。

弾丸系の魔法より使い勝手は悪いが、その分威力は絶大だ。

重さにして五十キロ近いそれが亜音速でぶつかり、鈍い音とともにゴーレムがバランスを崩す。

「よし、当たった。質量があればある程度効くのか？」

崩れたバランスを保とうと、足を動かすゴーレム。

当然その間、奴の背中は無防備だ。

俺は強化された脚力でゴーレムの背後に回り込み、足に魔力を溜めて一気に飛び上がる。

「くらえ、アイアンキャノン！」

先ほど効果のあった魔法を再び放つ。狙いはゴーレムの頭、その頂だ。

人間は頭上からの攻撃に対応できない。

それは人間を模した形をしているゴーレムも同じだ。

鋼鉄の砲弾はミスリルゴーレムの頭部に見事直撃した。

これにはさすがのゴーレムも堪えたのか、その場で膝をつく。

「よし、このまま……」

追撃を行おうと再び構えたが、こちらに背中を向けているゴーレムの頭が急に動いた。百八十度回転し、モノアイ状の奴の目がこっちに向いたのだ。

「くっ、こいつ!」

危険な雰囲気を感じた俺はすぐに離脱しようとしたが、相手のほうが早かった。

ゴーレムの目が光ったかと思うと、レーザーのような熱線が放たれたのだ。

「ちくしょう、隠し玉か!」

俺は発動しかけのアイアンキャノンを放ち、体を横に投げる。

レーザーの射線上にあった砲弾は一秒とかからず融解させたが、その間に俺は射線から逃げることに成功した。床に直撃したレーザーはその部分をマグマのように溶かし、周りも赤熱化させた。

あのまま直撃していれば消し炭になっていただろう。

「こいつ、やりやがったな。見た目によらず知性があるか」

石像のようなガーゴイルにも話せる奴がいるんだ、このミスリルゴーレムに知性があっても不思議じゃない。

俺が人型の弱点を突いた攻撃をしたら、今度はそれを逆手にとって人間には不可能なやり方で攻撃をしてきやがった。表情などないが、俺には奴が笑っているようにさえ見えてくる。

「ジェマを相手するため取っておきたかったが、お前を倒さないと何も始まらないしな」

俺は覚悟を決め、魔力を全力で使うことを決意した。

「魔法に耐性があるなら、その耐性ごとぶち抜いてやる!」

右手を前に伸ばし、左手でそれを支える。そして、右手に思い切り魔力を込めはじめる。

「お返しだ、俺もお前を溶かしてやるよ！　ファイアキャノン！」

使った魔法は先ほどの砲弾の炎版だが、込めた魔力が桁違いだ。通常の火球百発分に相当する。

発現した炎は普通の赤色ではなく、白い色をしていた。

「食らえ、デカブツ！　今度はお前が溶ける番だ！」

限界まで魔力を注ぎ込んだ俺は満を持して火球を放った。

それを見たゴーレムはまず頭部のレーザーで迎撃してくる。

石畳を融解させるほどの魔力を持つそれだったが、今回は俺の込めた魔力が上回ったようだ。

レーザーの赤い光を呑み込むように突き進んでいく。

ようやくそこで迎撃が不可能だと悟ったゴーレムは左腕を盾にした。

次の瞬間、火球がゴーレムの腕に直撃。

内包されていた魔力が一気に解放され、火炎の噴流がミスリル製の装甲を融解させる。

数秒後、火炎が収まった後には金属の溶けた匂いと煙が立ち込めていた。

「少なくとも効いたはずだ、どうなった？」

煙を吸い込まないよう自身に魔法をかけ、様子をうかがう。

ようやく煙が晴れたところで、俺はゴーレムがどうなっているのか目にした。

「……ダメだな」

奴の下腕部は火球の直撃したところから三分の一ほどが融解し、内部にまで影響が出ているのか指や手首が動かせないようだ。

だが、言ってしまえばそれだけだ。

右手は無傷で、頭部のレーザーも生きている。

つまり両手で防御すればあと五発、場合によってはそれ以上防がれる可能性がある。

「それだけ魔力を消費したら、お前に勝ってもジェマに立ち向かえない。悔しいがこの勝負預けるぞ」

俺の言葉が理解できるのか、ゴーレムがレーザーを放ってきた。

だが、その前に俺の視界が一瞬白くなる。そのまぶしさで反射的に目を閉じた俺が再び瞼を開いたとき、目の前にあったのは宿屋の裏手にある倉庫の中の景色だった。

「……ふぅ、無事に帰ってこれたか」

俺が使ったのは街からの仕入れにも使っている転送魔法の魔法陣だ。

以前ジェマに相談したときにもらった意見を元に、人間でも使えるよう改良したものだった。

「寿命が縮んだかと思った……何にせよ、奴の攻略法を用意しないとな」

俺は自宅に帰って来たことに安堵し、まずはクファナたちに声をかけようと倉庫から出るのだった。

七話　決戦前夜

あの後、突然裏口から現れた俺を見てふたりとも安心したように迎えてくれた。

ふたりにミスリルゴーレムのことを話し、作戦を変えてリベンジすると伝える。

一応候補は考えてある。俺の腕が錆びついていなければそこそこ戦えるはずだ。

エイダにはそのことを国王に伝えてもらい、最悪の事態に備えて非難の準備をしてもらっている。

まあ、今のところジェマが外に出る気配はないから大丈夫だろうが。

そして、今日使ってしまった魔力を回復させ、全快状態で挑むために翌日は休むことにした。

その日の夜、自室に戻った俺はクファナに傷を消毒してもらっていた。

「ねえアレックス、今日は休みにして本当によかったの？」

俺と向かい合うように椅子に座っている彼女が話しかけてくる。

「前に聞いた話からすれば、ジェマの魔力が切れちゃうまであと二日しかないんでしょ？」

それは次の攻略が失敗したら彼女が死んでしまうということを意味する。

「もちろん心配だ、不安もある。それでも今日はゆっくり休んだほうが良い。元冒険者なんだ、クファナも分かってるだろう？」

そう言うと、彼女は控えめにうなずいた。

「うん、休息は鍛錬と同じくらい重要だって分かってるわ」

「おいおい、元気がないな。いつものクファナらしくないぞ」

そう言いながらテーブルに置いてある回復薬を取り、一瓶いっき飲みする。

ほぼ治ってきてはいたが、これで明日には傷は跡形もなく消えているだろう。

「……でも、やっぱり危険よ。ミスリル製のゴーレムに加えて銀の魔力が深くまで侵食しているなんて、どう考えてもアレックス対策じゃない！　あなた魔法使いなのに、どうするつもり？」

「なんだ、俺のことも心配してくれるのか？　いやぁ、嬉しいね」

「ち、違うわよ！　どう攻略するか気になってるだけだから！」

そう言って強がるクファナを見て苦笑する。

相変わらず分かりやすい。苦笑ついでに、俺は立ち上がると彼女の腕を掴んで引き上げた。

「ちょ、ちょっと!?　怪我してるんだから休まないと！」

「唾つけておいても治るレベルだよ。クファナに傷口を舐めてもらえば、もっと早く治るかもな？」

「バカッ、こんなときにまでふざけて……きゃんっ！」

俺は立ち上がらせたクファナを抱き、そのままベッドへ腰かける。

そして、俺の足の間に座らせるようにして後ろから悪戯をし始めた。まずは手を回して給仕服のポイントである大きく開かれた谷間に手を突っ込む。そのままクファナの柔らかい巨乳を堪能した。この宿にやってきた冒険者の男たちの視線を釘付けにする胸を好き放題にできるんだ。これだけでも興奮しないわけがない。肝心のクファナは身をよじって逃れようとする。

だがしかし、もう片方の手がしっかり彼女の体を捕まえていた。

「アレックス、怒るよ!?」

俺の拘束から逃れられないと悟ると、今度は振り返って睨み付けてきた。

「睨むなよ。せっかくの休息なんだから性に爛れて過ごそうぜ」

そう言うと愛撫する力を強め、クファナに快感を与えていく。

「はぁはぁ……んくっ、やっ、あふっ！」

俺の指が敏感な乳首へ擦れるたびに濡れた声が漏れ出てくる。

時間が経つと徐々に頻度も上がっていき、快楽を堪えるように腕の中で体を動かした。

「アレックス、いい加減離しなさいよ！　あんっ、そこ、おっぱいの先っぽ強く弄っちゃダメッ！」

彼女の要求に行動で応え、腕の中で震える女体を楽しむ。

最初こそ経験のない処女らしく硬い反応しか示さなかったが、もう俺が触れるだけで期待に秘所を濡らすほど開発されている。自分の為に染め上げた肉体を楽しんでいるときは至福の時間だ。

「もっと声を上げて良いんだぞ。もう乙女みたいに恥ずかしがる必要がないくらいよがらせてやっただろ？」

「んっ、きゅう……っ！　おかげで元に戻れなくなっちゃったわよ！」

「別に困らないだろう、この宿屋に永久就職すればいいだけだ」

「ちょっと、それって……あんっ、ひゃう！」

驚くクファナに対し笑みを浮かべ、そのまま下のほうに手をやる。服の中にたどり着くと、案の定というかそこは濡れていた。俺は秘部に指をあてると愛液をからめとり、それをクファナの眼前で見せつける。

「ほら、これクファナから漏れてきたやつだぞ。こんなにねっとりしてる」

「こ、こんなの見せないでよ！　もう分かったから、いいから！」

感じているところを見せつけられて顔を真っ赤にするクファナ。

自分でも性格が悪いなと思うが、この反応が見れると思うと止められない。

「うぅ、絶対楽しんでるわ。どんだけ性格悪いのよ！　普通に接客できてるのが信じられないわ！」

「客の前では愛想よくするさ。美人相手だとより笑顔に磨きがかかるぞ」

「そんなこといちいち言わなくてもいいわよ。もうっ、あっ、んんっ！」

秘部に触れさせた指をもっと奥にまで押し込む。

ぐちゅり、という水音と共に俺の指が沈んでいき、代わりに愛液が漏れ出てきた。

「ほう、凄いな。もうベッドまで垂れてる」

「くうっ、やるなら早くしなさいよ！」

そう言って俺を見るクファナの目には薄っすら涙まで浮かんでいた。

「あんまりそんな顔をされると、もっといじめたくなる」

「ああもう、本当に鬼畜だわ！　なんでこんな男に……」

途中まで言ってクファナは口をつぐんでしまった。その先を言うのを避けているようだ。

「こんな男になんなんだ？　まさか絆《ほだ》されるなんて……か？」

そう囁くと、クファナの体が硬直した。それを感じた俺は苦笑する。

「はは、いやぁ嬉しいぞ本当に。肉体から始まる関係ってのも悪くない」

「あたしはそんなつもりじゃなかったのに……」

小さくそうつぶやくクファナ。だが、後悔や嫌悪感が含まれているようには聞こえなかった。

俺は一旦手を止め、クファァナに話しかける。

「まあ、人の心なんて何が切っ掛けで転がるか分からないからな。その転がる切っ掛けを見逃した結果が今の状況でもある。少なくとも自分で手を出した女があんな状態になってるのに放っておけるほど冷血漢じゃないんだ。だからジェマも助けてふたりで帰ってくる。母さんをひとりにした父親のことは地味に根に持ってるんだ、女をひとりで待たせたりはしないさ」

そう言い聞かせると、彼女は一度息を吐いて振り返った。

「まったく、こんな状況で言う言葉じゃないわよ……」

「あんまりロマンチックな雰囲気を作るのは得意じゃないんだ」

「知ってるわ。宿屋のこととエッチのことしか頭にないんだもんね。普通の女だったら呆れてるわ」

そう言って苦笑すると、彼女のほうから唇を寄せてきた。

「んっ……でも、あたしは信じてる。アレックスなら出来るわ」

「珍しく持ち上げるじゃないか」

「実力だけよ。性格まで褒めたりはしないんだから！」

勘違いするな、とばかりに訂正するクファァナに俺も頬が緩む。

「さて、珍しくクファァナがデレてくれたんだから頑張るか！」

ちょっとしんみりしつつあった雰囲気を吹き飛ばすようにそう言うと、彼女をベッドに押し倒す。

「あんっ、ちょっと……」

抵抗される前にその口をキスで塞ぐ。

そして、クファァナの抵抗がなくなったところで本格的な責めに移っていくのだった。

八話　クファナと連戦

俺はクファナを仰向けになるように押し倒すと、そのまま覆いかぶさった。

ただ、彼女もこの期に及んで文句を言ったりはしないようだ。

キスを落とすとそれを受け入れ、舌を出せばむこうも同じように絡ませてくる。

「んっ、んんっ！　ちゅ、れるっ……！」

羞恥心をなくしたような濃厚なディープキスを交わしている間に、俺は彼女の服を乱す。大きな胸を辛うじて支えている布を引っ張ると、まるでプリンを型から落としたときのように柔らかそうな乳房がこぼれ落ちた。もちろん、見た目だけでなく実際の感触も味わうためにすぐ手を伸ばした。

「んぁっ、また……さっき好きなように弄ってたのに……」

「いくら堪能しても飽きがこないからな。いつまでだって抱いていられそうだ」

率直にそう言うと、クファナは頬を赤らめて目を逸らす。

流石に真っ向から褒められると少し恥ずかしいらしい。

「別にいいわよ、もう今さらだし。それに、こんなになってるのを見せつけられたら、ねぇ？」

今度はクファナの手が伸びてきて、俺のズボンの中に滑り込んだ。

そのまま下着の中にまで侵入し、硬くなった肉棒に細い指が絡みつく。

冒険者として剣を振るっていたはずなのに俺の手などより全然柔らかい。このまま最後までしてもらっても良いぐらいの快感だが、そこはぐっとこらえて彼女の手を捕まえた。

「分かったなら大人しくしててくれ、変に刺激されると抑えられなくなりそうだ」

「む、せっかくあたしもしようと思ってたのに」

「また今度の楽しみに取っておく」

そう言うと、続いてスカートをめくって下着を脱がす。

白いショーツのクロッチ部分はもちろん湿っていて、それを見た俺はますます興奮を強めた。

すぐにでも襲い掛かりたい気持ちを理性で押さえ込み、もう一度指を動かして中の具合を確かめる。人差し指を挿入すると、複雑に入り組んだ膣内が蠢く。あちこちから刺激されるように締めつけられた。まるで指が自然と奥へ呑み込まれていくようだ。

「はぁあっ、くぅ……！　アレックス、もう濡れてるからぁ！」

行為が始まってからの度重なる愛撫が堪えたのか、とうとうクファナが音を上げた。

だが、俺は獣欲を理性で抑え込みつつ、彼女に話しかける。

「そうだな、じゃあ俺が我慢できなくなるような言葉でおねだりしてくれないか？」

「なっ……くぅ、本当にもう！」

クファナは唇を噛みしめ、羞恥に頬を赤らめながら口を開く。

「……ご、ご主人様の大きい肉棒で、あたしの中いっぱいにしてください！　一番奥まで押し付けて、熱々の精液を注いでほしいですっ！」

ベッドのシーツをギュッと握りしめながら健気にもエッチな言葉を使って誘うクファナ。

その姿にとうとう我慢できなくなって、クファナを丸裸にする。

「最高だ、最高だよ。望み通り満たしてやるからな！」

俺は下着ごとズボンを脱ぎ捨て、そのまま限界までいきり立ったものを彼女の中に押し込んでいった。さんざん濡らしていた秘所は待ってましたとばかりに俺を受け入れる。

「んぐっ！　熱いっ、中がどんどん熱くなってる！」

「くっ、初っ端から凄いな。すぐにでも絞り出されそうだ！」

まだ一番奥まで入り切ってもいないのに、入れた先からぴったり締めつけられている。

こんなふうに刺激されたら俺だって長く持たない。

「クファナ、一気に奥まで入れるぞ！」

「うん、来て！　あたしの中アレックスでいっぱいに……ふあっ、んくううっ!!」

腰に体重を乗せ、狭い膣内を一気に奥まで押し進む。まるで処女のときのような強烈な締めつけだが、もちろん中は開発されきっている。俺の肉棒にぴったり吸い付くような刺激に腰が抜けそうになった。それでも何とか押し込み、クファナの最奥までたどり着く。

「はふっ、はぁはぁ！　来てるよ、アレックスのが一番奥まで届いてる！」

息を荒くして言うクファナ。彼女の呼吸に合わせて膣内も収縮し、俺の興奮を盛大に煽った。

「うぐっ、ヤバい……」

あまりの快感に少しも腰を動かせなくなってしまう。一センチでも動いたらそこで一線を越えてしまい、もう堪えられなくなりそうだ。俺のそんな表情を見て、クファナはさらに求めてくる。

「我慢しないで、くっ……きて……何度だって受け止めるからっ！」

「ッ！　その言葉、後悔するなよ！」

吐き出すようにそう答えると、息を荒げながら腰を動かす。

もう既に堪えられる一線は越えていて、絶頂までは一直線だった。

「はぁ、ふぅ……しっかり一番奥を狙ってやる！」

まるで楔でも打ち込むかのように大きく腰を動かし、クファナの最奥まで責める。

爆発寸前のものを何度も打ちつけ、子宮口を突き解していく。

「ひゃぐっ、あっ、んひっ！　ああっ、くるっ！　きて、アレックスッ！」

クファナは砕けそうになっている腰に力を込め、俺の腰に脚を巻きつける。

腕も背中に回し、俺のことを抱き寄せた。

「ぐっ、出すぞっ！」

彼女に抱擁される感覚を味わいながら、その一番奥で欲望を破裂させた。

「あひっ、あっ、くふぅぅぅっ！　精液出てる、あたしの中に注がれてるよぉ！」

ビクビクッと全身を震わせながら俺を受け止めるクファナ。だが、さっきの言葉通りこれだけじゃ終わらない。俺は肉棒の律動が収まるとすかさず腰の動きを再開させた。

「んぐっ!?　やっ、今イってるのに……きゃふ、んんっ！」

敏感になっているところに重ねて与えられる刺激に、クファナが悲鳴を上げた。

あまりの快感に苦しさが混じったような声だったが、俺は止まらない。

彼女が受け止めてくれると言ったんだ。それに、今止まったら動けなくなってしまいそうだった。

「クファナ、お前の中、死ぬほど気持ち良いぞ！」

「はぁはぁ、ダンジョンに入る前に腹上死なんて笑えないいんだから……あんっ、あうっ！」

空気の入り込む隙間もないほど密着して締めつけてくるクファナ。

そのお陰で、先ほど射精したばかりだというのにまた熱いものが滾ってくる。

「んうっ、あっ、また硬くなってる……」

もう完全に快楽に染まり切ったのか、うっとりした表情で言うクファナ。

その顔を見て我慢できなくなり、やや強引に唇を奪うとそのままラストスパートに入った。

「クファナ、もう一度行くぞ！」

「ああっ！　アレックス、アレックス！　いっぱい、出してぇええ！」

うわごとのように俺を呼ぶ彼女は、もうまともに会話できないくらい快感に呑まれてしまったんだろう。だが俺の背中に回された腕に力が入り、何を言いたいのかは言葉にしなくても分かった。

「イクぞっ！　ぐっ、ううっ！」

再び湧き上がってきた衝動を抑えず、そのままクファナにぶつける。解き放たれたような感覚と共に白濁液が流れ込み、絡みつく膣内の感触がその勢いを助長した。魂までも流れ出してしまうかのような快感に、まるでクファナと溶け合っているような感覚さえあった。

「あっ……ぅ、んぐっ！　イクッ、イってるぅ！　んっ、ひぅ！」

一方のクファナも絶頂から降りてこれなくなったように全身を震わせている。上から見下ろせば、いつもの強気な顔は快感に蕩けていた。

「……うっ、もう動けなさそうだ。連戦は無理し過ぎたな」

力も抜けてクファナの抱擁からも解放されたので、ようやく体を起こす。

そして、腰砕けになった彼女を介抱しながらゆっくりとした時間を過ごすのだった。

九話　リベンジスタート

一日たっぷりと休暇を取ったら、いよいよラスダンへリベンジだ。

クファナを抱いて存分に英気を養ったし、その後はしっかり休んだので体力も魔力も満タンだ。

ミスリルゴーレムとの戦いでつけられた傷も完治している。

残すはミスリルゴーレム対策だが、これはもう役に立つものを見つけてある。

「よっと……ゴホゴホッ、埃っぽいな」

宿の四階、俺のプライベートフロアの端にある物置に入った。

取りあえず窓を開けて空気を入れ替えると、目的の物を探す。

「ええと、確かこの辺においてあるはずだ。俺以外に触る奴なんていないからな」

部屋の一角にある布で覆われているもの。

埃まみれになっているそれを取り払うと、下から大きな箱が現れた。

鍵はかけていなかったのでそのまま開けると、そこには軽装の鎧と一本の剣が収められていた。

「まさか、これを使うことになるとはね。捨てずにとっておいて良かった」

俺は剣を取り出すと、柄を持って鞘から引き抜く。

すると、窓から差し込む光によって剣の刀身がキラリと光った。

「よし、魔法がかかってるから大丈夫だとは思ったが、使えるな」

剣の状態を確認した俺は魔力を巡らせ、刀身に付与されている魔法を確かめる。

「極めて強力な不壊の魔法が一つ、他はなし。こんなシンプルな剣でよく戦ってたな、あの人は」

そう言って苦笑すると、鞘に戻して用意しておいた剣帯に吊るす。

ちゃんと抜けるか具合を確かめてみたが、使えそうだ。

「じゃあ母さん、借りてくぞ。万が一折れても祟らないでくれよな」

そう言って窓を閉め、物置部屋を後にする。これは冒険者だった母親が生前使っていた剣だ。

魔法使いの俺は使わないが、さりとて形見なので捨てられず死蔵していたもの。

俺が知る中で、あの頑丈なゴーレムとやりあうのに最適な武器だ。なにせ、かかっている不壊の魔法は俺でも舌を巻くほど強力。是非この魔法をかけた奴に会ってみたいね。

「あとは俺の腕の問題か。最後に剣を握ったのは何年前だったかなぁ」

頭に手を当てて思い出そうとするが、なかなか鮮明な記憶がない。とはいえ、子供の頃は俺を剣士に育てたい母親にひどくしごかれた記憶がある。体が使い方を覚えているだろう。

「これで準備は完了だ。道すがらモンスターを相手に慣らしていくとしよう」

緊張し始めていることを自覚するが、これくらいは大丈夫だ。

無理に気持ちを抑えようとはせず、そのまま一階まで下りる。だが、階段を下りて受付のほうに出たところで俺の緊張は一気に高まった。信じられないものを見たからだ。

「……エイダ、クファナ。お前たちその姿は何だ!?」

俺は思わず声を上げてそう言ってしまう。ふたりがいるのはいい。見送りをしてくれると嬉しいしな。だが、今回は大問題だった。両方とも冒険者としてフル装備で立っていたのだ。

「おはようアレックスくん、待ってたよ！」

「へえ、その剣を取りにいってたんだ。アレックスに使えるの？」

エイダもクファナも当たり前という表情でそこにいた。信じたくはないが、そうなんだろうな。ふたり共俺についてくる気だ。そこで一息つくと、俺は極めて真面目な声で話し始める。

「言っておくが足手まといはいらないぞ。今のラスダンは前と違う、エイダですら危ないレベルだ」

どちらも剣士であるふたりには、モンスターの魔法耐性の強化は関係ないだろうが、それでなくともベースが強化されている。生半可な技量ではスライム一体倒せないだろう。

「特にクファナ、問題はお前だ。前のダンジョンでも上層階まで上がれなかったんだ。今入れば二階にすら上がれずに死ぬぞ」

名指しで忠告すると、彼女の表情が険しくなる。

「だからあたしにここで待ってろって言うの？」

「ああそうだ、無駄な犠牲はいらない」

俺は本心からそう言ったが、どうやらクファナは癪に障ったようだ。

テーブルに置いてあった剣を取って俺の前まで来る。

「無駄な犠牲？　ふざけないでよ！　あたしもラストダンジョンを攻略する資格を持ってるのよ！」

そう言って鞘に入った剣を突きつけてくる。

その動きには迷いがなく、俺の喉元にある剣先はピタリと止まって動かない。

完全に自分の武器を手足の一部にしている。一流の冒険者の証だ。

それを見ていたエイダは面白そうに笑みを浮かべた。

「ふふ、それ以上言っても無駄だよ、アレックスくん。君は誰よりラスダンのことを知ってる人間だけど、アレに挑む冒険者を止める資格はない。それはよーく分かってるはずだけどね」

彼女に諭すように言われ、俺は腕を組んだ。

「……そうだな、これまでも無茶な挑戦者はいくらでも見てきた」

観念するようにそうこぼす。俺は店主として大勢の冒険者を送り出したが、明らかに危険でも無理やり挑戦を止めさせたことは一度もなかった。

今回は自分の行いのツケが回ってきたということか。

「分かった、同行するのは好きにしろ」

そう言うと、目の前のクファナは満足そうに頷いて剣を引いた。

「ただ、一つだけ」

「ん、なによ？」

目の前で首をかしげる彼女に俺は続ける。

「やる以上はしっかりパーティーを組むぞ。歩きながらポジションと意思疎通の確認だ」

「……ふふっ、了解リーダー。しっかりジェマのところまで連れて行ってよね」

笑みを浮かべたクファナはそのまま宿を出て行った。

俺とエイダもそれを追いかけて宿を後にする。

そしてラスダン入り口までの少しの間、隣で歩いているエイダに話しかけた。

「なあエイダ、実は秘密にしておいたことがあるんだが、この際打ち明けておこうと思う」

「秘密？　なんで私に？」

「お前は一応王国の人間だし、後でこじれても問題だからな」

そう前置きし、俺は勇気をもって打ち明ける。

「……実は俺、ラスダンへ挑戦する王国資格を持ってないんだ」

「…………はい？」

俺の言葉を聞いた彼女は一瞬固まった。そして数秒後、再起動すると大きな笑い声をあげる。

「ははっ、はははははっ！　うそ、冗談でしょ!?」

「冗談じゃない。というか、なんでただの宿屋の人間がそんな資格を持ってると思ってるんだ」

「だ、だってあんなに簡単に宝玉を持ち帰って来てたじゃない！　普通はベテランだって思うよ！」

笑い過ぎてお腹が痛いとばかりに腹を押さえるエイダ。

俺としてはかなり深刻な告白だったんだが、なんだか拍子抜けした気分だ。

「宿屋を経営しながらいくつも試練を攻略してる時間なんてあるわけがない。裏稼業をするときもしっかり魔法の契約書を使ってただろ？」

「そりゃそうだけど、ふふっ！　ダメ、モンスターより先にアレックスくんに笑い殺されそう！」

そんなことをしていると、先を進んでいたクファナがこちらに戻って来た。

「ねえ、なにかあったの？」

「何でもない、気にするな。ちょっとエイダがおかしくなっただけだ」

俺はその場をごまかし、ふたりを連れてラスダンの入り口を目指す。

何というか一気に緊張が飛んでしまったが、大丈夫だろうか？

若干心配になりつつも最後の攻略を始めるのだった。

十話　ゴーレム攻略

取り掛かる前のゴタゴタでどうなるか不安だったラスダン攻略だったが、一度始まってしまえば順調だった。エイダやクファナも実力でラスダンまでたどり着いた冒険者だ。

戦闘はもちろん、偵察や連携といった基本は完璧に習得している。

それに、周囲を注意する目が二つ増えたことで安定して進めていた。

戦力的な不足は俺が補い、どんどん上層階まで上っていく。

それに、途中で剣も試してみたが、使っているうちに体がやり方を思い出したようだ。

強化されたモンスター相手でも問題なく戦える。俺たちの攻略は万事順調と言って良かった。

「……ふう、ようやくここか」

そして今、俺たちの前には大きな扉が立ちふさがっている。この奥に苦い思いをさせられたミスリルゴーレムが待ち受けているはずだ。背後を振り返り、エイダとクファナの様子を確認する。

ふたりともかすり傷程度で戦闘に支障はない。

その傷も今しがた回復薬を飲んだので、すぐに治ってしまうだろう。

「準備は良いな？　行くぞ！」

俺は剣を抜き、扉を蹴破って中に突入する。後ろのふたりも武器を抜いて続き、部屋の中に入る。

そこで薄暗かった部屋に明かりが灯り、奥に四メートル級の巨像がたたずんでいるのが分かった。

「あれがミスリルゴーレム!?　大きい！」

初めてその大きさを目にして、クファナが驚きの声を上げた。

「クファナ、見とれている場合じゃないぞ。すぐに来る！　奴の挙動は教えたと思うが、万が一の隠し玉にも注意しろよ」

「うん、分かってる。やってみせるわよ！」

やる気十分の彼女を見て俺は駆け出す。

目の前のゴーレムは突撃している俺を感知したのか、さっそく頭部からレーザーを放ってきた。

「それの対策は出来てるんだよ！　スチームウォール！」

俺は魔力を前面に展開し、分厚い水蒸気の壁を形作る。

そこへ一直線に飛び込んだレーザーは空気中の水滴で屈折し威力が減衰。

俺の魔力で作り出したものは普通の蒸気より効果が高いようで、レーザーの威力は壁を進むごとに弱くなる。最後には肌に当たっても問題ないほど威力が落ちていた。

「これで安心して攻撃できる。エイダ、クファナ、手筈通りにやるぞ！」

そう呼びかけるとふたりも頷いた。

「まずは一撃目！　くらええ！」

俺は剣を抜き放ち、以前三分の一ほど融解させた左腕に斬りかかる。

双方が接触して甲高い音が響き、俺の剣が弾かれる。

「一撃目から上手くはいかないか！　だがな……」

ゴーレムの左腕を見れば、そこには遠目にも見えるヒビが入っていた。

見た目は回復しているが、融解させた部分は強度が脆くなっているようだ。

そして、思い切り斬りつけた俺の剣には傷一つ付いていない。

「流石だな、これならミスリルゴーレム相手でも安心してぶん回せる！」

ゴーレムが追撃のパンチを繰り出してきたので後方へ飛び退く。その間にエイダとクファナは左右へ展開していた。俺が退いたことでゴーレムが前進し、三人の間に奴が収まった形だ。

「ふたりとも、しかけるぞ！　あまり時間はかけていられない！」

「了解だよ！」

「ええ、任せなさい！」

その返事でようやく囲まれていることに気づいたのか、ゴーレムが左右を向く。

「ほら、どうした。お前の一番の脅威は俺だろう？」

ふたりのほうを向いた隙を狙ってまたもや接近する。

今度の狙いは足の関節だ。魔力的なもので繋がっている足首の部分に思い切り剣を突き刺す。

ゴーレムは、剣如きは身体で砕けると考えたのかそのまま床を強く踏みしめた。だが、強力な不懐の魔法がかかった剣は、何トンもありそうなゴーレムの重さにも耐え、逆に相手がバランスを崩すことになる。

「うおっ……ふたり共、今のうちにやれ！」

俺が声を上げると、エイダとクファナがもう片方の足目がけて突進。懐から荷物を固定したりするのに使う鎖を取り出し、それを関節部分に食い込ませるようにまきつけていく。

こちらはゴーレムの重さで粘土のように潰れてしまったものの、しっかり間に挟まって動きを阻害している。これでミスリルゴーレムは完全にバランスを崩し、その場で仰向けに転がった。

「ぐっ！　さっさとトドメを刺してやるよ！」

ゴーレムが倒れた衝撃で足元がグラついたものの、すぐに剣を引き抜き、その巨体を足場にする。

狙いは胸に嵌っている宝玉だ。ゴーレムは俺にレーザーを照射してくるが、それは射線上に蒸気のカーテンを展開することで防ぐ。切羽詰まったのか、奴はまだ無事な右腕を盾にしようと動かした。

「やらせないわよ！　エイダさん！」

「ええ、任せなさい！」

クファナがゴーレムに近づき、右腕の肩関節へ予備の鎖を巻きつけた。

動きが鈍ったところで、エイダがまだ動いている肘関節に同じように鎖を巻きつける。

二重の妨害で右腕がほとんど動かなくなったゴーレムは左手で防御する。

「だろうな。その腕、今度こそ粉々にしてやる！」

突っ込む俺は剣を水平に寝かせ、切っ先をゴーレムの腕に向ける。

そして、あと数歩の距離に迫ったところで渾身の力を込めて突き出した。

全力を込めた剣の切っ先は音速を超え、衝撃波を発生させながら腕に向かう。

剣の切っ先が接触した部分は粉々に砕け、さらにゴーレムの左腕が肘まで完全に崩壊する。

「うおおおっ！」

俺はその勢いのまま剣を押し込み、ゴーレムの動力となっている胸元の宝玉を砕いた。

ガラスが割れるような音と共に宝玉は粉々になり、ゴーレムの動きが止まる。

「ふぅ、これで終わりか……」

完全に止まったことを確認して、俺は巨体から降りる。そこにクファナとエイダもやってきた。

「ふふ、どうよ。あたしたちも役に立ったでしょう？」

「ああ、足手まといとか言って悪かった。助かったよ」

こっちを見るクファナにそう返すと、エイダが奥の門を指さした。

「さあ、いよいよ居住区に入るよ。準備は良い？」

「さっさとジェマの正気を取り戻して帰るとしよう」

そう言ってふたりを従え、奥の門を開ける。

そこからは以前ジェマに招待されたときのように道をたどり、居住区へと上がった。

「……すごい、ラストダンジョンの中にこんな場所があるのね」

魔王の居住区に入ると、クファナがその美しさにため息を吐いた。

「油断するな、霧に犯された魔族がいるかもしれないぞ」

そう言って注意したが、進めど進めど誰ひとりいない。生き物の気配がまったくしないまま一階二階と上がり、最上階の五十階まで来てしまった。目の前には王座と思わしき部屋の扉がある。

「不自然すぎるが、ここまで来たらしかたない。入るぞ」

俺の言葉にクファナとエイダも頷き、俺は扉に手をかけた。

ギギギ、という音とともに扉が開き、俺たちはわずかに開いた隙間から体を中に入り込ませる。

部屋の奥、一段高くなっている場所には王座があった。

そして、その椅子に座るのはジェマ。彼女は侵入者に気づいたのか、瞑っていた目を開く。

その視線に俺を捉えると、獰猛な笑みを浮かべて立ち上がるのだった。

十一話　ジェマとの決戦

王座から立ち上がったジェマと対峙する俺たち。

姿かたちこそいつもの彼女だが、感じる雰囲気は全く違った。

王としての高貴な雰囲気は消え去り、獰猛な獣のような戦意をビシビシと感じる。

「分かってはいたが、話は通じそうにないな……ッ!?　来るぞ！」

突如としてジェマの身体から濃密な魔力が噴き出す。銀の魔力だ。

「クフフフ、また邪魔者が侵入してきたようですわね。あなたは……あぁ、アレックスでしたか。対策にミスリルゴーレムを置いていたはずでしたが……まあ良いでしょう。直々に処分して差し上げます！」

正気を失い、狂気が宿った目をしたジェマがそう叫ぶ。

それと同時に、煙のように彼女の周囲で停滞していた銀の魔力にプラズマが走った。

「ふたりとも、俺の後ろに隠れろ！」

俺がそう言うのと同時に正面へ魔力を集中して何枚もの魔法の盾を作る。

「サンダーボルト！」

「シールドバッシュ・トリプルリンク！」

帯電していた銀の魔力が輝き、そこから強力な雷撃が放たれた。

文字通りの雷速で迫った攻撃が三重に強化した魔法の盾に直撃。

バリバリッという音とともに盾がひび割れるが、なんとか受け止めることができた。

「クファナ、エイダ、ふたりとも無事か？」

ジェマから目を逸らさずに問いかけると、後ろから声が二つ聞こえる。

「え、ええ、大丈夫よ。でも、アレックスの盾をここまでボロボロにするなんて！」

「ははっ、非常識な魔力だね、流石魔王だよ。もうかなり魔力を垂れ流しにしているはずなんだけど……」

驚愕するクファナと呆れるように苦笑いするエイダ。

「そうだな、俺もそろそろ魔力の大部分を消耗していると考えていたんだが……当てが外れたかもしれないな」

時間が経てば経つほど打ち込まれた杭の影響でジェマの魔力が消耗されるはずだ。しかし、今の魔法の威力は全力で戦ったときのものと遜色ない。これは厳しい戦いになるかもしれないな。

「……今の攻撃を防ぎますか。やはりあなた相手にはもう少し出力を上げないといけないようです」

「俺と分かっていても攻撃を止めるつもりはないか、やはりお前自身も魔力で暴走してるな。俺が正面から相手をする、ふたりは援護を頼んだ！」

剣を抜くとジェマに向かって一気に正面から突っ込む。

それを見たクファナとエイダは左右に動いてジェマを挟み込むように展開する。

「小物がついているようですが、あなたさえ押さえ込んでしまえばっ！」

暴走によって闘争心も強化されているのか、正面にいる俺に向かって連続で雷撃を放ってくる。

普段のジェマの性格ならエイダたちから倒して堅実に戦おうとするはずだ。

「まあ、俺に夢中になってくれるのは嬉しいけどな！」

俺は走りながらいくつもの魔法の盾を生み出して雷撃の雨を受け止める。先ほどよりは威力が抑えられているが分連射性が強化されているようで、何発か盾を掻い潜って俺に迫った。

「ふん、はあっ！　これくらいなら剣でも捌き切れるんだよ！」

剣に魔力を流し込み、盾を突破してきた雷撃を打ち払う。

そのまま広間を突進し、間近に迫ったジェマに全力で斬りかかる。

だが、彼女を取り巻く銀の魔力が瞬時に動いて盾を作り出し、剣を受け止めた。

「チッ、便利な魔力だな！　俺も欲しいくらいだよ！」

「欲しいなら差し上げますよ。わたくしの魔力を受け入れればいいだけのこと！」

「それだけは御免被る！　それに、こんどはこっちの番だ！」

すでに接近戦の間合いに入っている。

銀の魔力が尽きていない以上、魔法での撃ち合いはこちらの不利だ。

ジェマから付かず離れずの距離で剣の攻撃を加えていった。

「わたくしも、近寄られて逃げ出すほど非力ではありませんわよ！」

彼女は自身の拳に雷を纏うと、そのまま素手で剣と渡り合う。

「くっ、そんな戦い方も出来たのか！」

「あまり上品ではないので、好きではありません。でも今は関係ありませんわ！」

笑みを浮かべて連続で拳を振るい、ついでに蹴りまで加えてくる。

その一撃一撃は先ほど戦ったゴーレムのパンチのように重い。

この剣でなければ一回受け止めただけで砕けていただろう。

「頑丈な剣、ですわね！　はあああああっ！」

左右のワンツーパンチからの回し蹴り。ヤバいと感じた体が咄嗟に躱し、数歩距離を取った。

そのとき、俺が離れるのを待っていたとばかりに横からエイダとクファナが斬りかかる。

「くっ、ぬぅ！　さっさと正気に戻りなさい！」

「三対一でも容赦はしないわ！」

それぞれ得物の剣を構え、上段と下段から全力で振り抜く。剣士として極められた一閃がジェマに迫り、しかし直撃する直前に生み出された魔法の盾で受け止められた。

奇襲が失敗したふたりは直ちに距離を取り、代わりにもう一度俺が突っ込んでジェマを押さえる。

「ふふ、いつまでもその調子では埒が明きませんよ？」

「言われなくても……ふんっ！」

俺は密かに迫る銀の魔力を感じて一歩下がり、別の場所から斬りかかる。

ジェマを取り囲むように漂わせている銀の魔力のせいで長いこと押さえ込むこともできない。

何とかして隙を作り、胸元の杭を抜かなければいけないのだが、その隙を生み出すことが難しい。

そんなとき、ジェマの後方からエイダが飛び出してきた。

「どこから来ようと分かっていますわ！」

ジェマは後ろ姿を晒したまま、彼女の周囲にある銀の魔力が迫るエイダを迎撃する。

雷撃の弾幕が展開されるが、エイダはわずかな隙間を針に糸を通すような正確さで回避した。

「なんですって!?」

「私もそれなりの冒険者だってこと、思い出させてあげるわ！」

雷撃で迎撃していた銀の魔力は盾の展開が間に合わない。

エイダはそのままジェマに向かってタックルする。

「くっ、小癪な真似を……！」

バランスを崩しよろけるジェマ。仕返しとばかりに銀の魔力を差し向け、エイダが慌てて離れる。

だが、俺はその隙を逃さない。ジェマの腕を掴み、床に引きずり倒した。

「クファナ、今だ！　来い！」

「分かってるわよ！」

俺の後ろで好機を待っていたクファナが動く。

ジェマも抵抗するが、俺が両腕を押さえつけて離さない。

「これで、正気に戻りなさい！」

剣を捨てたクファナがジェマの胸元に刺さった杭を両手で掴み、思い切り引き抜く。

「がっ、はぁっ！　うぐっ！」

杭が抜けた後から蛇口が破壊されたように魔力が噴出する。

このままでは傷が塞がる前に残った魔力が全て抜け出てしまう。

「うっ、あぁ……」

「ジェマ!?　おい俺だ、分かるか？」

うめき声をあげる彼女に呼びかけると、ジェマは確かに俺のほうを見た。

「アレックス、ですか……？　ああ、もう視界がぼやけて……」

力なく呟くジェマの身体から徐々に力が抜けていく。このままじゃマズい。

「そうは、させるか！」

俺は濃密な魔力を浴びてグラグラとする思考の中で必死にポーチを探り、このときのために持ってきた手持ちの宝玉を取り出す。そして、それを胸元の傷へ思い切り押し当てた。

「あぎぃっ、あぁぁぁぁぁっ!!」

傷口に無理やり宝玉を押し付けられ、彼女が悲鳴を上げた。

俺の腕も押し戻されそうになるが、必死に押しとどめる。

これだけの傷を塞ぐには普通に治療してる時間はない。魔力には魔力で対抗するしかない！

「くっ、ぬぐうぅぅぅぅ！　ジェマ、戻って来い！」

必死の思いでそう言うと、宝玉として固まっていた魔力が溶け出し、ジェマの体に染み込んでいく。同時に胸元の傷も塞がり、魔力の流出は止まった。

「うぅっ、アレッ……クス……」

「大丈夫だジェマ、もう助かった。傷は塞がったぞ」

落ち着かせるようにそう言うと、彼女も緊張がほどけたように
エイダを追っていた銀の魔力も、主からの魔力供給がなくなったことで消滅する。

「……なんとか終わったか」

「ははは、そうみたいね」

俺とクファナは顔を見合わせ、その場に座り込むのだった。

十二話　和解と女子たちの連合

なんとかジェマの暴走を止めた俺たちだが、当のジェマは最後に杭を引き抜かれたショックで気を失っていた。ぐったりとする彼女を抱え、ひとまず記憶にあった応接室に向かう。

そして、部屋にある大きなソファーに横に寝かせた。

「ちゃんと息もしてるし心臓も動いてる。どうやら命は助かったみたいね」

寝かせたジェマの様子を診たエイダがそう判断する。

ベテラン冒険者で怪我人を見ることも多い彼女の判断だ、安心できた。

「そうか、良かった。これで一安心だな」

それを聞いた俺は一息つき、もう片方のソファーへ腰を下ろした。

隣にはクファナが先に座っており、酷使した手足を投げ出している。

最難関のラストダンジョンを一階から攻略した上に魔王との戦闘だったからな。

この中では一番経験が浅いから、体はもちろん心労もかなりあるだろう。

「クファナもエイダもありがとう、助かった」

「……まぁ、いい経験ではあったわ。二度と御免だけど」

「王国としては今代の魔王に死なれると困るからね。ただ、個人的にもかなりスリリングで何度も肝が冷えたよ」

俺が感謝すると、ふたりともこう返してくれた。今回はひとりだと厳しい部分もあったし、危険を承知でついて来てくれたふたりには感謝しかない。

「ところで、ふたりとも怪我のほうは大丈夫か？」

そう言って確認すると、どうやらかすり傷などほぼすべてが軽症のようだ。やはり正面から戦わないようにしてもらっていたのが大きいだろう。これなら、適当に回復薬を使えば跡形もなく治るはずだ。そのとき、目の前にいるジェマが小さく身じろぎした。

「お、意識を取り戻したか！」

立ち上がって近くに行くと、ちょうど目を覚ましていた。

「ん……あぁ、アレックス？」

薄く目を開けた彼女が俺を見上げてそうつぶやく。俺は彼女のそばについて頷く。

「ああ、俺だ。仲間と一緒に助けに来たぞ、もう大丈夫だ」

そう言うと、彼女は安心したように大きく息を吐く。

「そう、ですのね……すみません、迷惑をおかけしたようです」

彼女はその場で上半身を起こすと、俺たちに頭を下げる。

「いや、元はと言えば俺の立てた作戦に甘いところがあったから敵を取りのがしてしまった。謝るのはこっちのほうだ」

そう言って俺も頭を下げる。

「特に、作戦会議のときはお前のことを考えずに話を続けてしまったしな」

あのときのことはしっかり反省している。

「もう少し慎重に、ジェマの気持ちになって行動すべきだった」

「大丈夫です、もう自分の中で落ち着きましたから」

そう言って笑みを浮かべるジェマに対し、俺は首をかしげる。

「落ち着いた？　それはどういう……」

俺がそう聞く前に、彼女はクファナとエイダのほうを向いた。

「おふたりもわたくしを助けるのにご協力いただいたそうで、ありがとうございます」

その言葉に、ふたりとも驚いたように目を見開いていた。

まさか、魔族の頂点に君臨する魔王が自分に感謝するとは思わなかったんだろう。

ふたりともジェマとはそれほど多く接点がないしな。

「わたくしがこんなことを言うのは意外ですか？　確かに冒険者は嫌いですが、命の恩人に対してまでも上から見下すような態度は取れませんわ」

そのときのジェマはいつもの人見知りが嘘のように饒舌だった。

急にどうしたのかと聞いてみると、彼女はこっちを向く。

「そんなの決まっています。一度生死の縁まで体験して、吹っ切れたのですわ」

そう言いながら近づいてきて、俺の肩に手を置く。

「……ジェマ？」

「そのまま動かないでくださいませ……んっ」

俺が困惑した表情でいると、ジェマはそのまま俺にキスしてきた。

しっかり俺の頭を手で抱え、自分のほうに引き寄せながら唇を奪う。

まさか、どちらかというと受け身な彼女がここまで……。

ぼう然としたままキスを受け入れていると、彼女は羞恥からか頬を赤らめながらも笑みを浮かべる。そして、何十秒か経った後でようやく解放された。

「ぷはっ……ふぅ、自分からするなんて初めてです。顔が熱くなってしまいましたわ」

「はは、俺も驚いた……一瞬思考が追い付かなかったよ」

周りを見れば、突然のことにエイダとクファナも固まっている。

そして、俺の言葉につられてかようやく再起動した。

「ちょ、ちょっと何やってるのよ、こんなときに！」

目の前で濃厚なキスを見せつけられ、少し顔を赤くしながらもいつもの調子でツッコんでくるクファナ。その混乱している気持ちはよくわかるが、少し落ち着け。

「あらら、これはもしかして修羅場かな？」

エイダのほうは、自分は蚊帳の外だとでもいうように苦笑している。

だが、自分だけ当事者じゃないと思っているなら大間違いだ。

こんなふたりに声をかけたられたジェマだが、全く怯む様子もなく言葉を続ける。

「わたくし思いました、もう目の前であんな光景を見せつけられ、何もできないのは嫌だと。だから思い切って行動することにしましたわ。アレックスをふたりだけのものにはさせません！　これからはわたくしも宿屋へ住み込みます！」

まるで宣戦布告するかのように宣言するジェマ。

その目には決意が溢れており、本気で俺の争奪戦に加わるという意気込みが見えた。

「ジェマ、俺は誰かひとりなんて選べないぞ。女に関しては欲深いからな」

そう言って忠告すると、彼女は頷く。

「そうだろうとは思っていましたわ。でも、これ以上は増やさせませんわよ」

「ここまでグイグイくるとは……」

なんだか眠れる獅子でも起こしてしまったような気分になる。

「あー、こりゃ負けてられないね。クファナはどうする？」

「えっ、あたしですか!?　あたしは……」

エイダに振られ、少し言いよどむ。だが、ジェマの積極的な姿を見せられてか意を決したように話し始めた。

「まあ、どこかの誰かのせいでパーティーは解散しちゃったし、エイダさんみたいにひとりで冒険者をできるほど器用じゃないし……責任を取ってアレックスのところで雇ってもらおうかな！」

「ようやく素直になったわね。三人とも君のことを諦めないみたいだよ、アレックスくん？」

じっと俺を見つめてくるふたりに俺も嬉しさで笑みがこぼれる。

「俺は元からそのつもりだったよ。ただ、養う人数が増えるとなると宿屋の経営も頑張らないとな」

そう言うと三人も嬉しそうに笑みを浮かべた。

◆　◆

その後、俺たち四人は最上階からジェマの魔力を回収しながら帰路についていた。

宝玉で傷は回復したとはいえ、健康という状態には程遠かったからだ。

ジェマが魔力を回収することでラスダンの内部も元に戻っていった。

その最中、気になっていたことを質問する。

「……ところでジェマ、居住区に魔族がいなかった。あれはどうなってるんだ？」

「ああ、あれは避難計画にしたがって逃げたのですわ。しっかりした魔族ならば、わたくしの魔力を浴びてもすぐに凶暴化はしないはずですし」

「避難計画とかあるのか、意外としっかりしてるんだな」

まさかそんなものがあるとは予想できず、驚く。

「よろしければ、宿屋の避難計画についてもアドバイスしますわよ？」

「……よろしくお願いします」

荒くれ者の冒険者ばかりが客だったので、そこまで気が回っていなかったのだ。ジェマの魔王としての能力を見直しつつ、宿に帰ったらやることが多いなとため息を吐くのだった。

十三話　アレックス包囲網

ジェマの救出も済ませ、家に戻って来た俺たち。

取りあえずジェマには客室の一つを使ってもらうことにし、それぞれ戦いの疲れを癒した。

俺も一時宿のことを忘れて自室でゆっくり時間を過ごす。

「……ゆっくりするはずだったのに、どうしてこんなことになってるんですかね？」

そう言いながら、寝室のベッドの上で周りを見る。

クファナにエイダにジェマ、三人に囲まれてしまっていた。

「どうもこうもないわよ！　あたしだって、ひとりで来るはずだったのに……」

俺の正面に座り、ちょっと苦い表情をしているクファナ。

彼女から俺を見ると、左右にエイダとジェマが寄り添っているように見えるだろう。

「ちょっと遅れたわね、クファナ。冒険者の先輩として言わせてもらうと、狙った獲物には一番に噛みつかないと取り分が少なくなっちゃうわよ」

そう言いながら俺の左腕を抱きかかえ、肩に頭を乗せてくるエイダ。

「負けていられませんわ。今度はわたくしもアレックスのことを惹き付けます！」

続いて右からジェマが体を押し付けてくる。

すでに三人とも下着姿なので、抱きつかれると腕に柔らかい感触があって幸せだ。

特にジェマの爆乳は凶悪だ。接触している部分から蕩けそうになってしまう。

「世界中を見渡してもこんなに幸せな状態の男は他にいないだろうな」

俺も思わず頬を緩ませながら、ふたりの体を弄る。エイダの腰に手を回して引き締まった尻を揉み、ジェマの体に回した手で両手でも収まらないほど大きな乳房を鷲掴みにした。

「ふふ……いいわ、もっとやって。今日は大仕事を終えたご褒美にどんな奉仕でもしてあげる」

エイダが魅惑的な言葉を呟くと、ジェマも負けられないとばかりに挑発してくる。

「わたくしの身も心も全てアレックスのものですわ。これから手を加えてあなた好みの女にしてくださいね？」

双方から興奮を煽るような言葉をかけられ、俺も気分が高まってくる。

だが、この様子を見ていて複雑な表情をする者がひとり。

「むうう……」

ふたりが積極的にアピールしているのを見て、クファナは眉間にしわを寄せた。

「エイダさんはともかくジェマまで……」

一度吹っ切れてからというもの、ジェマのアピール具合はかなり凄くなっている。

俺としては嬉しい限りだが、クファナは相当な危機感を抱いているようだ。

「ああもう、やってやるわよ！　あたしだって……！」

彼女は意を決したようにそう言うと、思い切って下着を脱ぎ去り、正面から抱きついてくる。

「んっ……こ、これで少しはあたしのことも意識せざるを得ないでしょ？」

羞恥心に頬を赤く染めながらも強がりながら言うクファナ。

押し付けられている胸から心臓がドキドキと早鐘を打つように動いているのが分かった。

「クファナ、心臓が破裂するんじゃないかと思うくらい速く動いてるぞ。いつも素直じゃないのに、無理をするからだ」

「だ、だって仕方ないじゃない！　こんなの見せつけられたらあたしだって焦るわよ！　そもそもアレックスが欲張りだから……んぅっ！」

逆ギレ気味に言う彼女の唇を塞いで物理的に黙らせる。

「んっ、ふぁふっ……あんっ、くちゅ、れろぉっ！」

一度キスし始めると、彼女のほうも夢中になっているみたいだ。積極的に舌を出しては俺のものと絡め、唾液を交換するような深いキスを続ける。それを見たジェマがゴクッと喉を鳴らした。

「こんなに……すごい、です……」

「クファナもしっかり調教されちゃってるねぇ、いつもの強気な様子がキス一つでここまでメロメロになっちゃうんだもの」

エイダも一緒にクファナの蕩け顔を楽しみながら、その手は俺の股間に伸びていた。

とても普段、剣を握っているとは思えない柔かい指が肉棒に絡みつく。

「くっ……相変わらず要領が良いな、エイダ」

「まあね。ジェマの凄い体を見せつけられたら、こっちで張り合わないと負けちゃいそうだもの」

自嘲するように言いながら、彼女は手の動きを速める。

たしかにグラマラスな度合いでは負けてるかもしれないが、エイダだっていい体をしている。

それに、慣れている相手とするのはこっちも気疲れしなくて良い。

そうこう言っているうちに、エイダの愛撫で俺の準備も整ってしまった。

「相変わらず大きいわねぇ……それで、どうする？　このままクファナを犯しちゃう？」

目の前にはキスだけで蕩けてしまった美少女剣士の姿がある。

確かに、エイダの言う通り食べごろだった。

「……いや、もうちょっと熟すのを待つか。その間にふたりに楽しませてもらおうかな」

そう言いつつ、目の前にいたクファナの手を引く。

彼女を俺の横に移動させると、代わりにジェマとエイダが前にやってきた。

「ア、アレックス……あたし……」

「もう少し我慢してろクファナ。キスならいくらでもしてやるから、たっぷり溜めておけよ？」

俺の言葉に彼女は睨むような目を向けてくる。

「バカ、鬼畜……あんまり待たせたら襲うからね？」

そう言いつつ、身に宿る熱を堪えるかのように俺の首筋に顔を埋めてくるクファナ。

その頭を撫でてやりながら、前にしゃがんでいるふたりを見た。

ふたりとも準備万端なようだ。俺が仰向けで寝転がると、左右から腰のあたりに集まる。

「エイダ、ふたりでどうすれば良いのですか？」

「そっか、ジェマはまだ知らないことが多いもんね。じゃあまずはその大きな胸で奉仕してあげて」

「わかりましたわ」

やはり肝が据わっているというか、魔王相手でも躊躇なく指示するエイダ。

彼女の言葉に従い、ジェマはその大きな爆乳で俺の肉棒を挟んできた。

俺のもの全体が一気に温かいもので包まれ、ズリズリと動かされる。

「うっ、くぅ……っ！」

動けば動くだけその柔肉の中に沈み込んでいくような感覚に思わず声が出た。

しかも、これだけでも気持ちいい上にまだエイダが何かするつもりだという。

彼女を見ると、向こうは俺を見て悪戯っぽい微笑んだ。

「安心して、きっと気持ちよくなるから……」

そう言うと、彼女はジェマの深すぎる谷間に自分の顔を突っ込んだ。

「うおっ、うっ……」

「ひうっ……エ、エイダ!? 谷間がだんだんヌルヌルしてきましたわっ！」

エイダは爆乳を俺の腰に押し付けるようにしながら舌を動かし、肉棒の先端を責め始めた。

「んぐっ、じゅるるるる！ ハアッ、んっ、はふぅ」

すでに柔肉で刺激されてるそこへ、ザラザラとした舌の感触がひろがる。

いきり立った肉棒は新たな快感によって奮い立ち、ますます柔らかい谷間で暴れた。

「アレックス、あたしも忘れないでよ……」

ふたりの奉仕に夢中になっていると、横からムスッとした表情でクファナがやってくる。

彼女を慰めるようにキスするが、もうエイダとジェマのパイズリフェラで限界も近かった。

「最高だ、ふたりとも……出すぞっ！」

俺の言葉で大きな胸を締めつけるジェマ。

同時にエイダが舌先で肉棒の先端を刺激し、とうとう性の蛇口が解放された。

腰のあたりでくすぶっていた熱が解放され、一気に外へ向かって飛び出す。

「ひゃっ！　んっ、れろっ……胸で挟まれてるのに、こっちまで漏れてくる！」

「ああっ、わたくしのなかでアレックスが！　いいですわ、暴れてもしっかり受け止めます！」

ジェマの谷間とエイダの顔を汚しながら噴き上がる白濁液。ふたりを穢す背徳を感じながら、まだこれが前戯に過ぎないことを思い出して期待を強めるのだった。

十四話　宿屋のハーレム

ジェマとエイダの協力パイズリフェラで一発抜かれてしまったが、この美女三人を相手にそれで収まるはずもない。

肉棒は疲れを知らぬかのように奮い立っている。

そして、欲望に火のついた俺はまずクファナに狙いを定めた。

彼女をベッドに転がし、四つん這いにさせて尻を向けさせる。

「アレックス、やっとしてくれるの……？」

「まだ十分も待ってないじゃないか、堪え性がないな」

「だ、だってあんなに煽るようなキスされたら、誰だって欲しくなるわよ！」

ギュッとシーツを握りながら抗議するクファナ。

「そんなに気に入ったのか、下手するとそのうちキスだけでイけるようになるかもな」

そう言って笑いつつ、俺はクファナの中に肉棒を埋め込んでいく。

膣内はすでに十分すぎるほど濡れていて、抵抗なく奥まで入り込む。

「んぐっ、一気に奥まで入っちゃったよっ！　アレックスのが全部、あたしの中に収まってる！」

「ああ、根元までぱっくり食われたみたいだ。入れてるだけで貪るように動いてくる」

腰を押し付けて密着させると、先端から根元までクファナに呑み込まれているのを実感できる。

そのままでも十分に気持ち良かったが、更なる快感を求めて腰を動かした。

クファナを逃がさないようにするためしっかり腰を掴み、肉棒を前後に動かす。

彼女の中はピッタリと押し付けられているので、動く度に肉棒全体へ快感が走った。

「あぁっ、中でゴリゴリ動いてるっ！　いろんなところ突かれて……くひぃっ！」

肉棒がヒダを押しつぶすようにしながら突くと大きく嬌声を上げるクファナ。

その声に俺も興奮が高まり、腰の動きはますます激しくなっていく。

「うわぁ……こんなに激しくされても気持ち良くなっちゃうのね」

いつの間にかクファナの正面に移動していたエイダが彼女の顔を覗き込む。

「エイダさんっ!?　待って、そんなに見ないでっ！」

「良いじゃない、今までだって散々見てるし。これからはジェマも一緒に奉仕するんだから、気にしてると楽しめないよ？」

諭すように言いながら、彼女は目の前のクファナにキスをした。

「エイダさ……んっ、んんっ!?」

「んふっ……可愛い女の子相手ならキスでも興奮しちゃうね」

いたずらっぽく微笑みながら、クファナにキスし続けるエイダ。

それに反応してクファナの中がビクッと震えるように締めつけられた。

「うっ、こんなに……ヤバいな、あんまり持たないかも……」

先ほど出したばかりだというのに、もう腰のあたりに熱いものが上がってきた。

それを堪えて腰を動かしていると、後ろから誰かに抱きつかれる。ジェマだ。

ぴったりくっつく肌の感触からすると、もう全裸になっているらしい。

「もしかして、我慢しているのですか？　ダメですわ、この後はわたくしの相手もしてもらいますのに」

そう言いながら手で覆い切れないサイズの爆乳を押し付け、興奮を煽ってくる。

「はぁ、んっ！　ちゅ、んむ……アレックスの匂いを嗅いでいるだけでクラクラしてきてしまいそうですわ」

さらに後ろから首筋にキスし、背中に当てた爆乳をスポンジのように使って愛撫してくる。

「ダメだ、もう……っ！」

「我慢しないで、アレックス。貴方の欲望、わたくしたちが全部受け止めますわ」

そう言われて限界だった。

俺は一気に腰の動きを加速させ、ドロドロの膣内をかき乱す。

「ひゃうっ!?　あっ、いきなりぃ！　あんっ、イクッ、ぜったいイっちゃう!!」

「ああ、イクぞ！　受け取れ、クファナッ!!」

俺は存分に彼女の中を堪能しながら、最奥に肉棒を突き付けて射精した。

肉棒がビクビクと震える度に白濁液が撃ち出され、クファナの子宮を穢していく。

「あっ、あああぁっ！　来てるっ、頭真っ白になっちゃうぅぅ!!」

外まで響くような嬌声を上げながら絶頂するクファナ。

襲い来る快楽に耐え切れず上半身をベッドに突っ伏した彼女だが、俺は腰をしっかり抱えて最後まで子宮を犯しつくす。

「はぁ、はぁ……俺も意識が飛ぶかと思った……」

ようやく絶頂が終わると、そのまま肉棒を引き抜いてベッドに腰をつく。

すると、エイダがやってきて汚れた肉棒を掃除するように舐め始めた。

「んじゅっ、ちゅうぅ……まだ敏感みたいでピクピク動いてる。安心して、丁寧にお掃除してあげるよ」

俺を見上げて笑みを浮かべると、ゆっくりとした舌の動きで丹念に汚れを舐め取っていく。

「うぅ……エイダ、あんまりやられるとまた……」

「ん、なんのこと？　それよりアレックスの、全然萎えないみたい」

「こ、こいつ……初めから連戦させるつもりだったな」

俺の言葉にはエイダは薄く笑みを浮かべるだけで答えない。そうこうしているうちに、ジェマが俺を押し倒した。

「うおっ!?」

「三人の中ではわたくしが一番で遅れているんですもの。しっかり遅れを取り戻さないといけませんわ」

彼女は仰向けになった俺に跨り、そのまま自分の秘部へ肉棒を導いていく。

「んぁっ、あんっ！　やっぱりアレックスのは硬いですわ。わたくしの奥まで一直線に……あくぅっ！」

騎乗位の体勢で一番奥まで挿入し終わると、そのまま腰を回すように動かした。

根元を基点に肉棒が動き、内部をかき乱していく。

その快感に押し流されそうになったとき、俺の視界が暗くなった。

「アレックスくん、私のほうも忘れちゃダメだよ？」

「エイダ、お前……ぐっ！」

彼女もまた一糸纏わぬ姿で俺に跨ってきた。しかも顔面にだ。

一瞬息ができなくなって苦しい思いをしたが、エイダはすぐに位置を調節してくれた。

「ふぅ、はぁっ……」

「大丈夫？　これでちゃんと息出来てる？」

「出来てはいるが、いきなり来たら驚くだろう……覚悟しろよ！」

俺は仕返しとばかりに彼女の腰を抱え、目の前にある秘部を愛撫し始めた。

「んっ、あぁ……やっぱりアレックス、上手いね」

「当たり前だ、もう弱点はお見通しだよ」

そう言いながら舌を使い、敏感な陰核を刺激した。

「あっ⁉　うっ、はぁあっ、んんっ！」

普段から余裕を崩さないエイダが本気で喘いでいる。

その声を聴いているだけで興奮は高まり、肉棒は痛いほど硬くなる。

「ひゃっ、んぅ！　また硬くなりましたわ、エイダも気持ちよさそう……」

そう言うジェマも十分出来上がっているように感じる。

肉棒を受け入れる膣は熟れた果実のように柔らかく潤っているし、本人も積極的に動いている。

うっとりしたような声に時折鋭い嬌声が混じり、まるで音楽でも聴いているみたいだ。

俺はふたりの反応を楽しみながら更に責める手を激しくする。

「はぁっ、あうっ、んっ……いつまでも舐められたらおかしくなっちゃうわよぉ！　んっ、また指が奥まで入ってくるっ！」

「ふぅ、ふぅ、わたくしの中、アレックスに作り替えられちゃいますの！」

ふたりの女が俺の上で乱れているのを感じながら、俺は今日三度目の高まりが近づいているのを感じた。

目の前のふたりも絶頂に押し上げるべく、愛撫と腰使いを一気に激しくする。

「やっ、待って！　そこ吸っちゃ……あうっ、うぅぅっ！　イクッ、あああぁっ!!」

「わたくしの体がっ、押し上げられて……子宮まで届いていますわっ！　イックゥゥウウ!!」

激しい責めで同時に絶頂したふたり。特にジェマの膣内はこれでもかと締めつけてきて、その刺激で堪えていた欲望が漏れ出てしまった。

「うあっ、はぁぁっ！　熱いの広がってますわ！　アレックスのが中で……っ！」

恍惚とした表情で子種を受けるジェマを見とどけ、流石に限界を迎えた俺は全身から力を抜く。

そして、倒れてきたエイダを受け止め三人ともベッドで寝かせるのだった。

十五話　ラスダン前の宿屋の日常

ジェマの救出から一ヶ月ほどが経つ。

あの後もう一度ラストダンジョン内部を調査し、きちんと元に戻っていることを確認した俺たちは宿屋を再開した。ジェマも配下の魔族たちに連絡し、居住区へ呼び戻している。

ようやくラスダンがいつもの調子に戻り、客の冒険者もポツポツとやって来ていた。

国王からは今回の件を上手く鎮めたことを内々に感謝されたが、それ以外は特に何もない。

騎士団が暴走した上、それが原因で魔王まで暴走したとなれば国王の面目丸つぶれだからな。

彼とは宝玉を利用するという点で利害が一致しているし、失脚してほしくない。

おかげで大事にするわけにもいかず、労力の代わりに得た物はいつもの宝玉だけだが、ジェマが無事なのは何物にも代えがたいな。

俺は日常が戻ってきたことに感謝しつつ、いつもの受付カウンターでのんびりしていた。

そこへ給仕姿のクファナがやってくる。

「アレックス、朝食四人前よ！　すぐに用意してね！」

「そういや今日は客がいたな……」

「もう、何寝ぼけてるのよ！　ほら、さっさと用意する！」

呆れたような表情の彼女に急かさせ、奥の厨房に入る。

手を洗うと調理用のゴーレムを起動し、すぐ調理に取り掛かった。

ジェマに協力してもらい調整したゴーレムは、綺麗に卵を割れるほど器用になり、だいたいのことは任せられるようになっていた。

俺は焼き加減なんかを確かめるだけで、あとは皿に盛りつけるだけだ。

できるだけ見栄え良く盛り付けると、トレーに乗せて食堂のほうに持っていった。

「お待ちどうさま、今日の朝食四人前だ。頼んだぞ」

「ええ、任せて」

俺からトレーを受け取ったクファナは危なげなく片手で持ち、テーブルに配膳していく。

最初のころのドタバタ具合と比べれば大違いだ。

そう思っていると、上の階から洗濯物を持ったエイダが下りてきた。

「おはようアレックス、ようやく目が覚めた？」

「クファナにどやされたお陰でな。そっちもご苦労様」

「これくらい大丈夫だよ。今日は天気も良いからすぐ乾きそうだし」

そう言って笑顔を見せると、そのまま奥の洗い場のほうへ向かっていく。

あれからエイダは王国の仕事を引退して、本当にここへ就職してしまった。もちろん俺は大喜びで受け入れたよ。今は客室の担当として、掃除やらベッドメイクやらをしてもらっている。

何部屋もある客室だが、ゴーレムの補助もあるので大丈夫だろう。元は俺ひとりでやっていたし。

あと、エイダのことを知っている冒険者は、ここで働いている彼女を見ると目玉が飛び出るほど驚くな。

何か怪我でもしたのかと心配されたり、あるいはライバルが少なくなったと喜んだり。

中には俺にどうやって落としたのか教えてくれ、なんて言ってくる奴もいたな。

ほんとうに冒険者はいろんな奴ばかりだ。

客として来るのはそれほど多くないが、それぞれ個性があるので接客をしていても楽しい。

「お、もう出発するか」

気が付くと、先ほどまで朝食を取っていたパーティーが出かけるようだ。

俺は受付から立ち上がり、店主として彼らを見送る。

「行ってらっしゃいませ。無事のお帰りをお待ちしています！」

「死んだら承知しないわよ、ちゃんと帰って来てね！」

となりで同じようにクファナが見送っていた。向こうも元気よさげに俺たちへ手を振っている。

やがて彼らがラスダンに向かうのを見ると、俺たちは宿の中に入って一休みする。

「ふぅ、これで宿屋のなかも空っぽね」

「一息つけるな。まだ仕事は残っているが……」

そう言いつつ、食堂に彼女を置いて事務室のほうへ向かった。

従業員用の通路を使って受付の奥に行くと、そこに「事務室」とプレートの付いた部屋がある。

その中に入ると、奥にある机に向かってひとり座っていた。

後ろ姿からも分かる褐色の肌と魔族らしい尖った耳、ジェマだ。

宿屋に住み込むと言った彼女だが、さすがにそのまま置く訳にはいかない。

冒険者たちと鉢合わせしたら大変なことになってしまうからな。

そこで、事務室で宿屋の経理など書類の管理を頼むことにした。

お姫様として育てられただけあって教育はバッチリだし、何より文字が綺麗で読みやすい。

あとは、客が出払っているときだけ限定でエイダの手伝いで掃除をすることもあるな。

魔王が宿屋の掃除なんて酷くギャップがあるが、本人はあまり気にしていないようだ。

「ジェマ、そっちの調子はどうだ？」

声をかけると、彼女もペンを置いて振り返る。

「順調ですわ。ちょうど今月の収支計算が終わったところです」

そう言って、ジェマは机に置いてある紙を俺に見せた。

受け取った俺はその内容を見て眉を顰める。

「ふむ、これは完全に赤字だな」

「やはり、ダンジョン内で異変が起きたという話が広まっているようですわね」

そう言って少し落ち込んだ様子を見せるジェマ。俺は心配ないとばかりに彼女の肩に手を置く。

「むしろこれくらいの減収で済んだなら安いもんだ。冒険者たちも今は警戒してるが、元に戻ったと知ればどんどん戻ってくるさ」

危険な場所に赴く冒険者たちは慎重に行動するが、ずっと慎重に動いてたらお宝が手に入らなくなってしまう。さっきのパーティーも、周りが警戒して人の少ない今を狙ってきた大胆な連中だ。彼らが宝玉を手に入れれば、それを聞いた他の冒険者もやってくるだろう。

いつもの感じで客が来てくれれば、なんとか三人を養えるくらいには稼げるはずだ。

まあ、いざとなったら裏稼業もあるしな。

「適当なところで切り上げて休憩にしてくれ。エイダのほうにも伝えてくる」

「分かりましたわ」

ジェマが頷いたのを確認すると、俺は勝手口から宿の裏手に出た。

そこではエイダが洗ったシーツなどを干している。

「ふぅ、本当にいい天気だな。すぐ乾きそうだ」

「そうだね、後でもう一回洗濯できるかな」

そう言いながら汗をぬぐう彼女の姿は健康的で美しい。

「いや、それより中に戻ろう。実は新メニューを考えていてな。皆に試食してほしいんだ」

「えっ、本当!? アレックスの新しい料理なんて楽しみだよ、すぐに戻ろう」

テンションの上がっている様子に微笑ましさを感じつつ、俺たちは食堂に戻った。

すでにクファナとジェマもいるようだ。そんな彼女たちに新メニューのカレーライスを振る舞う。

前々から考えてはいたんだが、最近ようやく良いスパイスが手に入ったんだ。

「んっ……美味しい！　アレックス、どうやってこんなの考えついたのよ！」

「わーお、目が覚めるような味だね、癖になるかも。野菜が多いのも高ポイントかな」

「ピリピリ辛いですが、これが良くライスに合いますわ」

三人とも未知の料理に驚きつつもスプーンの動きは止まらない。

こうやって美味そうに食べてくれるのを見ていると嬉しくなる。

「さあ、食べ終わったら仕事に戻るぞ。いつ客が来ても良いように準備しておかないとな」

そう言いつつ、俺はこれからもこんな風に平和な日常が続くことを願うのだった。

書下ろし短編

掃除中のジェマに悪戯

魔王の暴走事件からしばらく経ち、ようやく宿屋の客足も戻ってきた。

少しの間とはいえ宝玉の供給がなくなっていたことで、市場で価格が高騰しているらしい。

この機に乗じて高値で宝玉を売りつけようともくろむ冒険者たちがやって来ていた。

「毎度ありがとうございます。またのお越しをお待ちしております！」

朝方、無事に宝玉を手に入れて満足そうにしているパーティーの帰りを受付から見送る。

食堂のテーブルについている幾つかのパーティーが彼らに羨望と嫉妬の視線を向けていたが、すぐに食事や作戦会議に戻っていった。

他人の成功を羨んでいても自分の下にお宝が転がり込んでくることはない。

ラストダンジョンまで来る冒険者ならよく分かっていることだろうからな。

「さあ皆さん、ラスダン攻略のために有用なアイテムはいかがですか？　各アイテムには、実際に使用した冒険者たちのコメントも付いていますよ！　これを見ればどんなときに役立ったか一目瞭然。苦手な階層を楽に攻略できるようになるかも！」

そして、俺は宝玉奪取に燃える冒険者たちにアイテムをお勧めしていく。

俺も食事に新しいメニューを増やしたり、売店に興味を持ってもらうようにしたりと工夫を重ねていた。

その工夫の成果が表れたのかわからないが、今月はすでに黒字達成していた。

アイテムを買って意気揚々とダンジョン攻略に向かう冒険者たちを見送り、俺はカウンターの奥に引っ込む。

「クファナとエイダは買い出しか、夕方にならないと帰ってこないな」

事務室の壁にかけられた木製のボードを確認すると、ふたりが買い出しに行く旨が書いてあった。

俺がいなくても、転送魔法の魔法陣さえあれば楽に街へ出れるようになったからな。

「さて、宿に残っているのは俺とジェマ、それに休養中のパーティーが一組か。冒険者たちは昼まで起きてこないだろうし、実質ジェマとふたりきりか」

そう考えると、どこからか悪戯心が湧いてくる。

最近は真面目に店主をしていて、あまりふざけていなかったからな。

俺は早速厨房を後にし、ジェマがいるはずの上階へ向かった。

ある客室の前に掃除用具が置いてあり、どうやらこの中にいるようだ。

部屋の扉をノックし、中に入っていく。

「ジェマ、調子はどうだ？　上手くやってるか？」

「ああ、アレックスでしたか。もうそろそろこの部屋の掃除も終わりますわ」

そう言って答えたのは、エプロンを着て窓を拭くジェマだった。

すでにだいたい掃除し終えたのか、部屋の中は清潔な感じがする。

「悪いな、エイダの代わりにやってもらって」

「いいえ、人の少ないときなら大丈夫ですわ。エイダにも書類仕事を手伝ってもらうことがありますし」

何でもないことのように語るジェマ。まるで魔王だとは思えないくらいの大人しさだ。

宿屋に住み込むこととなったジェマだが、まだ人見知りは完全に解消していないので裏方の仕事をしてもらっている。

「おや、見たところ凄く綺麗だぞ。机だってホコリ一つ落ちていない」

見れば、端のほうもしっかり拭かれていた。丁寧な仕事ぶりだ。

「これなら他の部屋も安心だな。後は……」

俺はそのまま窓を拭いているジェマの近くまで行き、後ろから彼女の腰を抱く。

「アレックス、何を……んっ、ダメですわ、まだ下の階に人が！」

「大丈夫、寝てるから気づきはしない。ジェマが余程声を出さないかぎりはな」

そう言いつつ、彼女を窓に押し付ける。

そして、衣装の隙間から手を入れると大きな胸に手を伸ばした。

「あっ、ダメッ……ぅんっ、あぁっ……」

両手を使い、思う存分マシュマロのような柔肉の感触を楽しむ。

少しでも力を入れれば指が沈んでしまいそうな柔らかさだ。

俺は魅了されたように胸から手を離さず、愛撫を続ける。

「こんな……もし外から見られてしまったらっ！」

「ここは三階だぞ。見上げなきゃいけないし、今は太陽が当たってるから光の反射でよく見えないはずだ」

「そんなことを言われても、やはり恥ずかしいですわ……んっ、きゃうっ！」

愛撫の途中、指先で乳首に触れるとジェマの口から嬌声が漏れた。

そのうっとりするような甘い声に俺の興奮はますます大きくなる。

俺は名残惜し気に片手を胸から離し、下のほうに向ける。

衣装の下に手を潜り込ませると、そこはすでに潤っていた。

俺を受け入れるには充分な興奮具合だ。

「ジェマ、まだ五分も弄ってないぞ？　なのに、こんなに興奮してるのか」

「はぁっ、あんっ……それはアレックスが上手いからぁ……」

「じゃあそういうことにしておくよ。ふん、これは邪魔だな」

俺はヒラヒラしているエプロンを脱がすとベッドの上に放り投げ、ジェマの腰を引き寄せる。

「ッ！　こ、この格好……恥ずかしいですわ、アレックス！」

窓枠に手を突き、尻をこちらに突き出している状態のジェマ。

まるで自分から男を誘っているかのような格好だ。

そうさせたのは俺だが、彼女の妖艶な雰囲気とよくマッチしている。

「そのままだジェマ。たっぷり可愛がってやるからな！」

俺はズボンから硬くなった肉棒を取り出すと、そのままジェマの中に突き立てる。

「んぐっ！　あっ、ひゃふっ……はぁ、一気に全部入ってしまいましたわっ！」

自分の中を俺のものでいっぱいにされ、息を吐くジェマ。

挿入の勢いで体がガラスに押し付けられ、豊満な胸が歪む。

どんな感じになっているのか、外からその様子を見てみたいな。

「いつまでもうっとりしてる余裕はないぞ。思い切り動かしてやる！」

両手でジェマの腰を掴み、逃がさないようにしてから腰を打ちつける。

愛撫の興奮で蕩けた膣内が俺を迎え、ヒダは幾重にも肉棒に絡みつく。

まるでジェマの膣内に捕食されているような感覚だ。

「はっ、あっ、んくぅっ！　来てますわ、奥まで突かれてるっ！　あまり激しくされると腰が抜けてしまいます！」

「立っていられなくなったら、今度はベッドに押し倒すさ」

「そんな、せっかく綺麗にしたのに……はぁはぁ、んむっ……」

そう言いながらも、ジェマの膣は奥から次々に愛液を溢れさせている。

すでにあふれ出したものが肉棒を伝い、床にまで垂れていた。

「終わるころには足腰に力が入らなくなってるかもな」

「んっ、んんっ、まだ昼間ですのに、はぁんっ、いつまでする気なんですか……ひゃうんっ！」

ぐっと一番奥まで突き入れると、ジェマが甲高い悲鳴を上げた。

同時に膣内も勢いよく締まり、肉棒の根っこから精を絞り上げようとしてくる。

その動きに欲望を滾らせながら、再び動いて彼女の性感を高めていく。

「あんまり遊んでるとクファナたちに怒られるからな、昼までだ。それでもまだたっぷり楽しめるぞ？」

先ほど時計を確認したが、正午まではまだ三時間以上ある。

ジェマと何回か楽しんで、後片付けするとしても十分だ。

「そんな……あっ、んんっ……」

まだまだ犯される、あるいは犯してもらえると思ったのか、ゾクッと背筋を震わせる。

さらに膣内は断続的に締めつけてきて、俺も煮えたぎる欲望を抑えきれなくなってきた。

「くっ、出すぞ。一発目だ、残さず受け取れ！」

「はっ、んうっ！　いきなり激しくぅ！」

腰の動きを早くし、そのままの勢いで最奥まで突き入れると精を放った。

「ぐぅっ……！」

グニグニと締めつけてくるヒダの感触に酔いしれながら、最後の一滴まで吐き出す。

「ドクドクって、アレックスのが流れ込んできていますわ……お腹の奥が熱い」

はぁはぁ、と荒い息をしながら窓に寄りかかるジェマ。

俺が肉棒を引き抜くと、ぽっかりと空いた穴からは白濁液が零れ落ちた。

「もう、せっかく掃除したのに汚しましたわね？　お仕置きですわ！」

彼女はその場で俺のほうに向きなおると、しゃがみ込んで肉棒を口に咥える。

そして、よく動く舌でもって白い汚れを舐め取っていった。

「くちゅ、れろっ……じゅぷ、じゅるるっ！」

「うぐっ!?　そ、それはお掃除ってレベルじゃないだろ……！」

俺のものを咥えこんだジェマは卑猥な音を立てながら吸い付いてくる。

もう綺麗になっているはずなのにフェラを中断する様子はなく、欲情した目で俺を見上げていた。

「ふっ、くっ……いつも俺のことばかり言ってるが、ジェマも淫乱さでは大概だな！」

吐き捨てるようにそう言ったが、今の俺にはこれくらいしか出来なかった。

ジェマに与えられる快感は極上で、本能的に離れたくなくなってしまう。

先ほど出したばかりだというのに、また熱い感情が浮かび上がってくる。

「んぐっ、じゅるる、れろっ！　口に収まらないくらい大きくなってしまいますわ」

ジェマは一度口内から肉棒を解放すると、今度は見せつけるように舌で舐めてくる。

少しザラッとした舌を押し付けられ、その刺激に肉棒が感涙を流す。

一心不乱に奉仕をしているジェマだが、時折むず痒そうに腰を動かす。

恐らく俺が出した精液が漏れ出てきているんだろうが、その様子を想像するとさらに興奮してしまった。

「あむっ、ちゅうっ……はぁ、またこんなに硬く……アレックスの精力は底知らずですわね」

「相手がこんな美女じゃ誰だって絶倫になるだろうさ。それより、もう我慢できないぞ」

俺はしゃがんでいるジェマの肩を掴むと、そのまま立ち上がらせる。

そして、先ほどまで彼女が掴まっていた窓枠に腰掛けさせた。

「んぅ……ちょっとバランスが悪いですわ」

「大丈夫だ、落ちないように前から支えてやる！」

続けて彼女の脚を開かせ、秘部に復活した肉棒を押し付けた。

「あんっ、熱いの当てられているだけでドキドキしてしまいますわ」

「俺も、ジェマのアソコが物欲しそうにヒクヒク動いているのが伝わってくるぞ。さっきあれだけしてやったのに、まだ満足してないみたいだな」

ジェマの腰に手を回してしっかり抱くと、もう一度彼女の中に突き入れていく。

「あんっ、くっんぅ！　アレックスので中が広げられていますわっ！」

「ふぅ、なんて締めつけだ。気を抜いたら根こそぎ持っていかれそうだな」

少し前までぽっかり広がるほど突き入れてやったというのにこの締めつけ。

さすが魔族というべきなのかもしれないが、全力で腰を動かしたら長くはもたないかもしれない。

俺は一度密着するまで腰を押し付けると、膣内の柔らかさを感じながら目の前の爆乳に顔を埋める。

窓枠に腰掛けさせているからか、ちょうどいい位置にあったのだ。

「顔が全部埋まっちまいそうだ。枕にしたらさぞいい夢が見られるだろうな」

そう言うと、ジェマは俺の頭に手を回して自分から抱き寄せてくる。

「アレックスなら特別に許しても良いですわ。でも、まずはわたくしを満足させてくださいね……んっ、あひゅっ！」

ジェマがそんなことを言うから、俺も豊乳に顔を埋めながら腰を動かしてしまった。

肉棒を一番奥まで押し付けながら、小さく連続で突き上げる。

「きゃふっ、あうっ、んひぃぃっ！　そこっ、大事な赤ちゃんの部屋なのにっ、アレックスに突きほぐされてトロトロになっちゃいますわっ!!」

子宮を突き込まれて蕩けるような嬌声を上げるジェマ。

俺の頭を押さえる手からもだんだん力が抜けてくる。

それでも俺は責めることを止めず、さらにジェマの中を蹂躙していった。

同時に頭を動かし、俺の動きに合わせて揺れる爆乳の先端を口に含んだ。

「あむ……れろ、じゅる……」

「くふっ、やぁっ、先っぽ吸っちゃダメですわ！　胸まで蕩けてっ……ひぐっ！」

胸を吸うのと同時に肉棒を包み込む膣もビクビクっと震えた。

俺はそこを更に刺激するように、肉棒を動かしてヒダを押しつぶしていく。

「あうっ、はぁはぁっ、上下から一緒になんて……んくっ！」

「もう乳首のほうもビンビンじゃないか、このままイかせてやる！」

ジェマの喘ぎ声をＢＧＭにしながら上下の責めを強くする。

時折小さく痙攣するのは浅い絶頂に至っているからだろう。

俺はそれよりも先の深い絶頂に押し上げようと、ジェマの乳首を甘噛みした。

「ッ!?　くふっ、ふぁあっ、イクッ、イキますっ！」

「俺も、今度は漏れださない場所に注いでやる！」

大きな動きでジェマの内側全体を擦り上げるように責めると、彼女の体が硬直した。

「イッ、イクッ、イっちゃ……ひっ、あああああっ!!」

絶頂に至った瞬間、膣内は隙間がなくなるほどピッタリと締めつけてきた。

その刺激に促されるように、俺も彼女の子宮に向けて射精する。

ドクドクという音が聞こえてきそうなほど勢いよく、子種が注がれていった。

「はぁ、はぁ、んくっ……」

ジェマは絶頂の波が引くと力を抜いて窓に寄りかかる。

そのままガラスを突き破って外に落ちてしまっては大変なので、俺は腰に力を入れると彼女を抱きかかえてベッドに寝転んだ。

ふたりの体液で真っ白なシーツが汚れるが、今さら気にはならない。

「アレックスのせいで足腰に力が入りませんわ」

「まさか、ジェマだって積極的にしてたじゃないか。お互い様だろう」

「なら、後片付けもきちんと手伝ってもらいますわ」

「分かった、クファナたちに見つからないうちにな。でも、今はもうしばらくこのままがいい」

そう言って俺が手を伸ばすと、彼女も体を寄せてくる。

俺は彼女を抱きながら、心休まる時間を過ごすのだった。

あとがき

こんにちは、成田ハーレム王と申します。

皆様の応援のおかげで、今回「ダンジョン最強は宿屋のエロ店主　～お代はエッチにいただきます！～」の書籍をさせていただけることになりました！

今回のお話は、魔王の居城となるラストダンジョン、通称ラスダンの前に宿屋を開いている青年アレックスが主人公です。

ラスダンに挑戦する冒険者たちの最後の憩いの場として、厳しい環境ながらも宿屋を経営している主人公なのですが、実は彼には裏の顔があります。タイトル通り、自分好みの女の子には体で料金を支払って貰っちゃう、というエロエロな展開になっています。

とはいえ、それだけでなくラスダンを支配する魔王との絡みもあったり、真の実力を見せた主人公のバトルもあったりと、色々な方面で工夫したつもりですので、少しでも皆様に楽しんでいただければ幸いです。


さて、今回のヒロインたちですが、まずは宿屋の常連客エイダ。

活発で気のいいお姉さんという感じですが、見た目とは裏腹にかなりやり手の冒険者！

宿屋の常連ということは、もちろん主人公のお相手の常連ということでもあって、エロ方面にも積極的！　エッチなお姉さんが乱れるのが好きな方にはオススメです！

さらに、勝ち気な女剣士のクファナ。

新進気鋭の冒険者パーティーのエースで、仲間とともに初めてラスダンに挑みます。

正義感が強く、ラスダンを前にしても気圧されない、なかなか心の強い女の子なのですが、アレックスから宿屋の特別プランを聞かされて怒り出す初心な面もあります。

最後に、主人公の食い扶持とも言えるラスダンを支配する魔王のジェマ。

魅惑的なボディースタイルに妖艶な雰囲気と、見るからに強そうなオーラを醸し出している彼女ですが、実は秘密があって……。どんな秘密を持っていて、その素顔がどんなものなのか。それはぜひ本文を読んでいただければと思います。


最後に謝辞に移らせていただきます。

担当の編集様。書籍化の際には毎回いろいろな助けてただき、本当に頭が上がりません。

今回の「宿屋のエロ店主」でも、本になるにあたって多くの手助けをしていただき、ありがとうございました。

挿絵を担当していただいた「あきのそら」様。表紙に口絵に挿絵にと、多くの素敵でエッチなイラストを多数いただき、感謝感激です！　ヒロインたちの艶姿をこうも淫媚にイラスト化していただいて、文を書いた本人も興奮しております。本当にありがとうございました！

そして最後に読者の皆様。今回の作品の書籍化まで至りましたのも、皆様の応援の賜物です。

これからも精進し、より良い作品を出していければと思っております。

それでは最後に改めまして。本書を手に取っていただいてありがとうございました！

二〇一八年二月　成田ハーレム王

キングノベルス

ダンジョン最《さい》強《きょう》は宿《やど》屋《や》のエロ店《てん》主《しゅ》
～お代《だい》はエッチにいただきます！～

2018年 2月 28日　初版第 1 刷 発行

■著　　者　　成田ハーレム王
■イラスト　　あきのそら

本書は「ノクターンノベルズ」(http://noc.syosetu.com/) に掲載されたものを、
改稿の上、書籍化しました。
「ノクターンノベルズ」は、「株式会社ナイトランタン」の登録商標です。

発行人：久保田裕
発行元：株式会社パラダイム
〒166-0011
東京都杉並区梅里2-40-19
ワールドビル202
TEL 03-5306-6921

印 刷 所：中央精版印刷株式会社

KN049